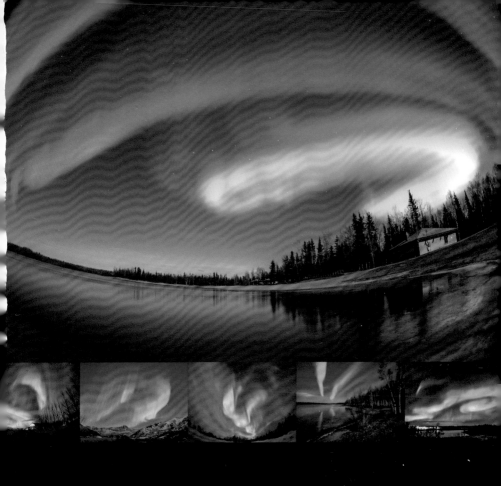

環球極光攻略

黃莉娜

西班牙 Spain Buddy「2016 年度最佳旅遊攝影作品」大獎
「2014 全球華人百大旅行家」第 4 名

推薦序 (一)

認識 Lina，是從她接受我們的電台旅遊節目訪問開始。還記得第一次她介紹的是愛爾蘭，那時已被她的靚相吸引；到第二次介紹的就是北極光了。Lina 除了愛旅行，更愛攝影，看她的旅攝作品，往往令人發出「嘩、嘩」聲，尤其是拍攝極光的作品。她走遍世界很多地方，包括挪威、冰島、加拿大、俄羅斯、甚至新西蘭去拍攝極光 。她善於捕捉那像魔術變化的獨特極光影像，構圖別致，令人嘆為觀止，她那幅《綠茶卷蛋極光》，更令她為人所熟悉。

拍攝極光和其他風景照不同，是要講求運氣的，能看到極光已經難得，能拍到一張張美麗得叫人動容的相片更加難得，那要靠長時間的等待、捕捉和嘗試，而且往往要冒着刺骨寒風、踏着雪地，徹夜拍攝，所以能拍得精彩相片實在值得鼓掌再鼓掌。

我也曾經在 2012 年在冰島、格陵蘭看過北極光，那是第一次看啊！我用剛剛買來的相機去拍攝北極光，效果當然欠佳，拍攝這種相片也要累積經驗，不過那些大自然的魔術幻光在蒼穹四處舞動的景象深深印在腦海裏，一生難忘。透過看 Lina 的靚相，可以讓我重溫那份興奮喜悦，再次讚嘆大自然的神奇偉大！

若然你仍未看過極光，看完 Lina 這本書，欣賞過她的相片，相信你亦會心動，那麼，就快快開始計劃你的極光之旅吧！

張建浩
電台節目監製、旅遊節目主持

推薦序 (二)

「嘩!」每次看見 Lina 的相片,都一定「嘩」聲四起,驚嘆不已,因為她拍攝的極光相片實在太美了。能在國際攝影比賽中獲獎,也是實至名歸。

跟 Lina 認識,緣自我主持的電台旅遊節目,那時看着她的相片,聽着她的介紹,就已經感受到她對旅遊與攝影的熱情。

我未親眼看過極光,所以對極光甚感好奇也極嚮往。知道 Lina 為極光走過很多地方,不禁欣賞她的堅毅與勇氣。雖說看極光,事前可以好好計劃,估計到甚麼時候、甚麼地方有較大機會看到,但最終能否看得成,也要看當時的情況。而且看極光,也要有心理準備挨冷抵夜,偶爾在極地環境,還會遇着意想不到的野生動物,帶來驚險的旅程。聽 Lina 描述每次拍攝經驗時,不禁會跟她一起緊張、興奮,有時也替她抹一額汗。

不過 Lina 無懼各種挑戰,拍下一張張精彩的極光相片。從她的相片,我看到各式各樣的極光形態與動態,驚訝大自然的創造力之餘,亦明白到 Lina 為何那麼投入追看極光。

這次看着 Lina 的新作,不單再讓我看到如畫般的美景,更讓我對極光有更深入的認識。雖則我未知何時才會啟程,展開我的極光之旅,但機會總是留給有準備的人。現在先閱讀,出發時就更能得心應手。就算之後能親身看到極光,相信再讀此書,也會讓我感到舊地重遊之喜悅。

感謝 Lina 為我帶來這次非凡的極光之旅!

區凱聲
電台旅遊節目主持

推薦序 (三)

不經不覺，認識 Lina 已經有六、七年的時間。回想當初，應該是在一群風景攝影愛好者的聚會中跟她認識。

Lina 為人隨和、友善，喜歡攝影的程度無用置疑。在過往的拍攝活動中，她通常會是最忙碌的一位，而且每次也會是最後離開拍攝場地的一位，因為她不會放過每一刻的光影變化，善於把握每次拍攝機會，也堅持要創作到較滿意的作品才會離開。如果在攝影上有任何疑問請教她，她會很有耐性及毫不吝嗇地逐一解答。

我非常羨慕 Lina 的攝影造詣，更羨慕她能在繁重的工作中，抽出寶貴的時間，往世界各地遊歷。她在旅途中，以相機記錄珍貴美景當然是必然動作，朋友們看到她分享的美麗相片，定能一飽眼福。

Lina 的作品獲獎無數，當中包括《雲海國金》、《綠茶卷蛋極光》等。所謂「台上一分鐘，台下十年功」，創作一張上佳的作品，其拍攝者在過程中所付出的時間、心血和汗水等，確實難以想像。Lina 為了拍攝極光，走訪世界上很多人跡罕至的極地，包括加拿大北部、俄羅斯西伯利亞、挪威北部、冰島……等等，全部是世界級的美麗景點。

我是一個極地馬拉松跑手，有幸參加過極地沙漠比賽，當中包括戈壁沙漠、撒哈拉沙漠等，深知極地比賽的難度，尤其是氣候和環境因素。Lina 的攝影作品中，有不少相片來自冰川極地，往往為了拍攝一輯相片，要在攝氏零下30度的地方苦候，在這些寒風刺骨的環境下，靜待拍攝銀河極光的壯麗一刻。每一張作品都可說是得來不易，實在值得大家細味欣賞。

翟文禮

攝影愛好者、極地馬拉松跑手、執業律師

自序

我過往曾經在猶太人及日本人經營的公司工作，因為負責拓展業務的關係，所以要與董事們到各地洽談及巡視業務。由於要確保工作行程流暢緊湊，出發前必須做足準備功夫，這經驗對我現在安排旅程，確實有很大的幫助。

很多朋友說我跟極光很有緣份，在過去往世界各地（俄羅斯、北歐、冰島、法羅群島、美國、加拿大、澳洲、新西蘭等）觀看極光的旅程中，超過 90% 的晚上，也可以看到極光，而他們卻總是跟極光緣慳一面。我這時才發現，原來他們依據坊間及網絡上的資訊規劃行程，可惜在這些資訊中，包括了頗多關於極光的錯誤說法，不同說法之間互相抵觸，部份資料過時，有些甚至完全與事實不符。為免大家繼續無所適從，甚或被誤導，故此我將這些年來，經過我多方引證、親身經歷及仔細研究的心得集成書，期望能對朋友及大家有所幫助，令各位了解極光，以及將看到極光的成功率大幅提升至八、九成的水平，期望大家也可以成為一位「極光有緣人」。

這本書也記錄了我過去在各個極光旅程中的所見所聞，但內容並不限於極光，也包括在旅程中觀鳥、觀鯨、觀海豹、跑馬拉松和走冰川等。我以相片的形式將看到的美景事物拍攝下來，篇幅所限，未能將所到之處的美景全部公開，但也希望各位喜歡我為你們揀選的作品和分享的事物。此外，每一幅「**相**」片其實也是我個人內「**心**」感受的反映，所以我將自己對相片中每處景物、每件人事的感覺也寫下來，我將之名為「**相心閱讀**」，不知各位看到我相片的時候，會不會跟我有相同的感「**想**」呢？

在此鳴謝張建浩先生、區凱聲先生、翟文禮律師為這本書撰寫推薦序，天地圖書團隊（特別是林苑鶯小姐）提供協助及SONY香港提供攝影器材等，謝謝各位！本書部份圖片來源自美國太空總署及美國國家海洋暨大氣總署，也在此特別鳴謝！

希望大家喜歡這本書，謝謝大家！

黃莉娜

2018 年 5 月 30 日

目錄

推薦序 (一) 3

推薦序 (二) 4

推薦序 (三) 5

自序 6

得獎作品 11

前言 14

極光名稱之由來 18

極光女神之微笑 19

極光傳說 20

無煙天火 23

極光旅程正式開始

在飛機上看極光 26

極光天幕 28

極光謬誤 29

極光天窗 33

為甚麼會有極光？ 34

極光星圖 36

極光森林 37

極光指數 38

極光風暴指數 39

史上最震撼極光風暴 40

極光愛回家 43

幸福又幸運的南極光 44

尋尋覓覓 45

極光顏色 46

極光軍機殘骸 47

龍骨極光 49

飛機地標極光 50

北極大教堂 51

極光形態 52

極光天使 58

極光「汪星人」 59

極光海豚 60

極光巨蟹座 62

極光動態 64

中國傳說中的「龍」便是北極光 68

極光霓裳 71

極光鬱金香 72

極光女神之三個願望 73

極光作曲家 74

極光綑仙索 75

看極光首要條件 76

極光地帶 77

看極光其他條件 82

春秋「易」極 84

極光忘形水 85

極光在水中央 86

極光月老 88

女神與仙子 89

極光周期 90

極光小冰河期 91

極光宮殿 93

極光消逝 94

極光女神同行 96

偏心極光 97

極光地圖 98

極光敬禮 100

極光二戰紀念碑 101

極光戰機 104

極光旋風 105

極光如煙 106

非常極光 107

繾綣星光下 108

極光天籟 110

夜半輕私語 112

極光突發小型風暴 114

極光華爾滋 115

被誤認作「極光」之自然現象 116

極光玫瑰 118

極光追蹤 120

君臨天下 121

極光縮時攝影及影片攝影 ... 122

極光滿月 123

極光浪潮 124

南極光與北極光之分別.......126

北極光女神孿生妹妹
——南極光女神 127

極光漩渦
——星流跡南極光 128

南極光與銀河之華麗邂逅 ...129

極光不是繞着地球轉 130

最強極光時刻 131

極光絲帶 132

我和銀河有個約會 134

星流跡弧狀北極光 136

星流跡帶狀北極光 138

極光一縷 140

旅程準備 142

遊蹤

極光＋馬拉松之旅 162

極光＋觀鳥之旅 166

極光＋觀鯨之旅 171

冰島 及 格陵蘭 172

法羅群島 189

挪威、瑞典、芬蘭................196

俄羅斯.................................200

美國及加拿大 205

澳洲及新西蘭 210

後記 217

2014「任總至 Like 大獎」

雲海國金
（攝於香港山頂盧吉道）

筆者於 2013 年 2 月拍攝的《雲海國金》，榮獲法國航空慶祝香港航線 75 周年攝影比賽冠軍 及 2014 年《信報》「任總至 Like 大獎」。下文是筆者當年的參賽文字。

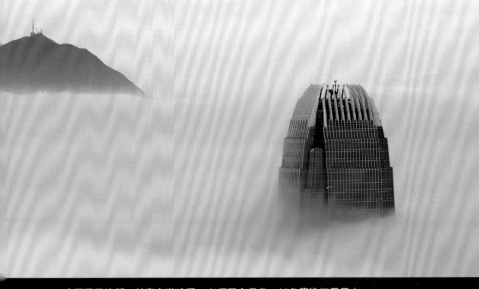

表面風平浪靜，其實充滿暗湧，必須居安思危，以免墮進五里霧中。

左起：香港前金融管理局總裁任志剛先生（任總）、香港前政務司司長唐英年先生、筆者

2014 全球華人百大旅行家第 4 名

北極光大追蹤
（攝於冰島）

這張相片對我有特別意義，因為這張作品令我榮獲了「2014 全球華人百大旅行家第 4 名」。下文是我當年的參賽文章。

冰島的寒風呼呼作響，在厚厚的手套保護下，我笨拙地握着手機，北極光的資訊緩慢地在屏幕上轉動。好極！極光在一百公里外出現，我決定主動出擊，立即驅車追逐極光。這回的極光出奇地在低空飛舞，它時而一縷縷、時而一幅幅，時而奔往左方，時而飄蕩右邊天際，像將我環抱一樣。突然，大片極光像瀑布傾瀉下來，當我準備給它洗滌之際，它卻四散而去。這一刻，我已與自然融為一體，在這夢幻的光影大舞臺中，縱使身為配角，我卻樂在其中。

2016 最佳旅遊攝影作品獎

綠茶卷蛋極光
（攝於阿拉斯加之費爾斑克斯
Fairbanks, Alaska）

相片攝於美國阿拉斯加的湖區，當晚我先想好了基本構圖，決定以湖及小屋作前景，再選定了拍攝位置及角度，然後我在攝氏零度的低溫下，於戶外等了兩小時，終於等到極光出現。

當時的極光以弧形出現，我立即以魚眼鏡加強外圍的弧度，亦令弧度更吻合湖的形狀。中間位置是在較強烈極光的情況下才會出現的紫白色極光，看似奶油忌廉，它配合外圍的綠色弧形極光，活像我很喜歡吃的綠茶卷蛋蛋糕，作品因而命名為《綠茶卷蛋極光》。

前言

因為部份極光資料牽涉較艱深的地磁學知識，已超過了觀賞極光的需要，所以我在這裏將之盡量簡化，期望可以深入淺出地令各位讀者明白，但希望對地磁學要求較高的讀者們見諒。另外，因為本書所圍繞的主題是極光，所以解說的角度也會以極光作主軸，這方面敬請留意。

現今科技不斷進步，如何可將科技的好處帶給讀者，這是筆者撰寫這本書時不斷思考的問題。與很多朋友談起此事，發覺原來他們對我曾遊覽的地方都頗有興趣，有機會也想親臨其境，看看世界各地的美麗風光。所以我決定利用二維碼（QR code）去標示各景點的全球衛星定位（GPS），以便大家可以更準確地找到各景點的最佳觀景位置。這樣的話，大家便能避免花掉大量時間也找不到景點，結果掃興而回。

首先，請大家在手機或平板電腦上，下載兩個免費的流動應用程式（App）：
（1）谷歌地圖（Google Map）；
（2）QR 掃描器（按：如果閣下手機已採用 iPhone 的 iOS11 或以後的平台軟件，只要用相機掃描便可）。

當大家在本書隨後的頁面看到類似右下方的地圖標示—QR code，可以使用手機上的流動應用程式「QR 掃描器」掃描，然後點選「開啟 (Open)」，接着便可以看到該地點的地圖了。

如果你是自駕遊的話，你更可以直接點選「導航」， 由谷歌地圖 (Google Map) 指引你前往。相信這方法是最省時方便的了，希望大家也喜歡這個新的景點介紹 （導航） 模式。

地圖標示

只要你看過一次北極光，
你一定會想看第二次，然後第三次……

只要你已看過兩次北極光，
你一定會想去看看南極光！

相機：A7RII，鏡頭：SAL1635Z2 + LA-EA4

極光名稱之由來

極光（Aurora）一字源自拉丁文。由於極光是在北半球與南半球也能看到的自然現象，所以可分為北極光與南極光兩種，以英文簡單來說，我們稱之為 Northern Lights 及 Southern Lights。但它們其實有正統學名，北極光是 Aurora Borealis，而南極光則是 Aurora Australis。

北極光

北極光 Aurora Borealis 是意大利天文學家伽利略（Galileo Galilei）所命名。在拉丁文中，Aurora 的意思是黎明，伽利略當時其實是誤認了，他以為極光是源自太陽光在大氣層的反射，所以將極光與古羅馬的黎明女神拉上了關係，結果 Aurora 一字便成了極光的代名詞。坊間有說法指 Borealis 一字源於 Boreas，應是古希臘神話中北方風神的意思，但在拉丁文中，Borealis 的意思是北方，兩者合而為一，Aurora Borealis 代表北極光，意思較直接及恰當。

南極光

Australis 則是拉丁文中南方的意思，所以 Aurora Australis 代表南極光。

極光的美麗令人一見難忘，所以外國有很多父母也喜歡以 Aurora 作為女兒的名字。在迪士尼的著名動畫電影《睡公主》中，睡公主的名字也是 Aurora 呢！

相機：A7RII，鏡頭：SAL1635Z2 + LA-EA4

筆者與北極光

極光女神之微笑

相心閱讀

過往每次與妳相遇，看到的只有妳的優美身影，卻始終無緣跟妳碰面。
今夜妳來去匆匆，但就在妳離去的一瞬間，妳對我回眸淺笑。
女神的身影已美得讓人發呆，而她的微笑更是這樣的讓人魂牽夢縈。

攝影解説

觀賞美景的角度因人而異，沒有既定的法則，有人喜觀鋪天蓋地、色彩斑
斕的極光，有人喜歡形態特別，給人想像空間的極光。筆者對此沒有偏
好，反而喜歡因時制宜，上天想給我看甚麼類型的極光，我便細意觀賞，
因為各次的極光也有其不同風格和味道，問題是你抱着甚麼期望去欣賞。
因此，如果你只希望看到極光大匯演，只往頭頂上的天空望去，可能便會
錯過了極光女神在山嶺上的回眸一笑。所以拍攝極光時，要開放自己，為
各種可能的情況作出準備。

地圖標示
https://goo.gl/maps/
X5cLL6qsCgx

攝於挪威
相機：A7RII，鏡頭：SAL1635Z + LA-EA4

極光傳說

古時候，各個民族對極光有着不同的傳說及看法，以下是其中一部份：

古希臘及古羅馬

在神話裏，Aurora 代表黎明女神，她是太陽神和月亮女神的妹妹。每天早晨飛向天空，向大地宣佈黎明的來臨。

澳洲原住民

極光是天神在跳舞。

芬蘭

(1) 火狐（Firefox）在雪地上行走時，尾巴將雪花掃起至天空，形成了北極光，所以又被稱為狐狸之火（Revontulet）。

(2) 拉普蘭地區（Lapland）的原住民認為極光是源自鯨魚噴出的水柱。

瑞典

極光是好預兆，漁獲及農作物會大豐收。

中國

據美國太空總署指出，現存最古老的極光記載是來自公元前2600 年的中國（按筆者分析，這應該是因為中國乃四大文明古國中緯度最高的國家）。

(1) 中國古籍《河圖稽命徵》提及「大電光」圍繞北斗星出現，而這與中華民族祖先軒轅黃帝的出生有關。
原文：「附寶見大電光繞北斗樞星，照耀郊野，感而孕，二十五月而生黃帝軒轅於壽丘。」
大意如下：「相傳有一位母親在一個晚上看見天上出現

類似極光的光帶，接着便身懷六甲，之後生下兒子，這兒子便是軒轅黃帝。」

(2) 中國古籍《山海經·大荒北經》提及「燭龍」居於北方，其形態與北極光類似。

原文：「西北海之外，赤水之北，有章尾山。有神，人面蛇身而赤，直目正乘，其瞑乃晦，其視乃明，不食不寢不息，風雨是謁。是燭九陰，是謂燭龍。」

大意如下：「在西北方的大海之外，在赤水的北方，有一座章尾山，有一個神居住，祂人面蛇身，全身火紅，目光正直，祂閉上眼睛天便變成晦暗，祂睜開眼睛天便變得光亮，祂不用吃、不用睡、也不用呼吸，卻會吞吐風雨。祂能照耀極陰暗的地方，祂便是燭龍。」

(3) 參本書「極光動態」中對「極光神龍」（第 67 頁）的描述、筆者的相關研究及引證。

日本

(1) 近年，日本人認為極光是幸福的象徵。

（在 2004 年日劇《愛在聖誕節 LAST CHRISTMAS》中，結局男女主角終成眷屬，一起完成之前沒完成的極光之旅，他倆認為一起看見極光的情侶便能幸福廝守一輩子，這令極光與幸福被劃上等號，看極光成為大熱旅程）。

(2) 傳言在日本文化中，相信在北極光下孕育的孩子將會貌美、聰慧和幸福，但這只是人們以訛傳訛，其實並沒有根據。

並不是所有民族對極光都抱有正面看法，有部份地方對極光的傳說其實頗負面，下頁節錄了部份。

北歐原住民

(1) 極光是天上的亡靈，所以要尊重極光，否則會帶來惡運，而原住民見到極光時便會躲進室內避開。

(2) 如果有人對極光吹口哨，亡靈會跟着那人直至他離去。

冰島

在分娩時，產婦不可以看到極光，否則嬰兒的眼睛便會變成斜視（按：香港俗稱「鬥雞眼」）。

挪威

極光是已逝去的年老女僕人向着人們揮手。

格陵蘭

極光是不幸夭折嬰兒的靈魂。

蘇格蘭及英格蘭

法國大革命前，蘇格蘭及英格蘭的上空曾出現紅色極光，所以當時的人覺得極光能預示歐洲大陸將會發生重大事件。

法國及意大利

歐洲大陸曾受黑死病（鼠疫）困擾數百年，所以彗星和極光都曾被當時的人認為跟黑色病拉上關係。

北美原住民

大多原住民認為極光會引領靈魂到達另一個世界，但不同地區的原住民也有個別不同的傳說，例如：

(1) 極光是靈魂在天空中玩球類活動，有一部份原住民認為是人類的靈魂以海象的頭蓋骨當作球在玩耍；另一部份原住民則持完全相反的意見，他們認為是海象的靈魂以人類的頭蓋骨當作球在玩耍；

(2) 極光其實是生命流轉的進程，人去世後，他們的靈魂會化為極光，嘗試與在世的親人溝通；

(3) 極光是天神的火炬，代表天神在看顧着原住民。

無煙天火

相機：A7SII，鏡頭：SAL1635Z + LA-EA4

相心閱讀

小時候，人們每當看到夢幻城堡上空的耀目煙火便會樂翻天；長大了，每次望見東方之珠的霓虹夜色也會很自豪，難道在人們的心底裏，對晚空的光影有着天生的沉迷？痴愛？

這夜，清風送爽，聽不到吵耳聲響，也沒有令人掩鼻氣促的硫磺煙霧，舉目所見，是大自然所創造的光波幻影，它沒有絲毫的規劃，但卻又流暢悦目，變化萬千，它的每一次幻變、每一趟起伏都牽引着我情緒上的躍動。

這刻，我終於明白，煙火霓虹原來是源於模仿。這夜，我已看到了自然界中的絕色，它沒半分的人為造作、沒半分的刻意誇張，卻又讓人目不轉睛、嘆為觀止。

攝影解説

有些時候，當前面有大樹遮擋，拍攝者便會立即試圖避開大樹，認為這會影響極光拍攝，其實構圖是可以千變萬化的。例如當極光較強烈時，可將大樹作為陰影般拍攝，便可拍攝到極光從樹梢間透現而出的景象。當然曝光時間也要考慮樹梢受到風吹而搖動的情況，搖動幅度或速度較大時，便要縮短曝光時間，不斷調整設定以便達到最佳的拍攝效果。而當極光較微弱時，因要較長的曝光時間，樹梢的搖動會令影像變得模糊，所以較適宜避開大樹來拍攝。

極光旅程正式開始

相機：A7SII，鏡頭：SAL16F28 + LA-EA4

在飛機上看極光

在飛機上欣賞極光相對於在地面上欣賞極光有一大優勢：因為航機通常是在雲層之上飛行，所以沒有了雲層的隔阻，看到極光的機會自然大增。

筆者有以下經驗供大家參考（北極光）：

(1) 選定航班時，要預計航機經過極光地帶（大約在北緯 60 度至 75 度之間，參第 77 頁「極光地帶」）的時候，是否在晚間？記着，只有在晚上才有機會看到極光。如果你選擇的航班是在白天的時候經過極光地帶，強烈的陽光是會掩蓋相對弱得多的極光，所以你是不能在飛機上看到極光的。

(2) 宜選擇航機向北的窗口位置，這點在航機還未進入極光地帶時比較重要。如果你已身處極光地帶之中，這點便不再重要了。

在飛機上拍攝極光的基本技巧及守則

(1) 查詢乘客守則，了解是否容許使用數碼相機，有部份航空公司是不容許的，乘客必須要遵守這些規則，明白個別航空公司的安全要求，千萬要遵守，不要違反；

(2) 如果在航行的途中，航空公司容許乘客使用數碼相機，大家也要切記，必須將相機的藍芽及 WIFI 功能關上，這是一般航空公司的要求，以免這些通訊功能干擾到航機上的電子設備；

(3) 靜待機上關掉燈光以便讓乘客休息的時候，以自己座位上較厚及不透光的毛氈掩蓋窗口，以避免玻璃窗會反射航機內的燈光，從而影響到相機拍攝航機外的光線。

(4) 如果以極光作構圖的主體，手動將相機的焦距調節至無限遠，這時便可以開始拍攝。

(5) 航機在飛行中，是會輕微震動，所以不能採用長曝光拍攝方法，在這情況下便要採用較高的 ISO 值拍攝，但要留意高 ISO 值會引致大量雜訊（Noise，即數碼相片中的

相機：A7SII

粗糙微粒，影響相片質素）出現，所以拍攝者要根據情
況作出取捨。

(6) 曝光時間不能太長（在手持相機拍攝的情況下，以1秒內較佳）

(7) 光圈要盡量調校至最大，以增加採光率及減少曝光時間。

飛機極光的構圖

(1) 筆者一般喜歡以機翼及其上的紅燈作為前景，以表現相
片是在航機上拍攝；

(2) 如果當天的月亮是較光亮的話，光線便能照射出雲層的
輪廓，筆者便會以雲層作前景，而技巧上的目標是同時
表現出雲層及極光的質感；

(3) 如果並不是滿月的話，月亮也可以成為構圖內的一部份；

(4) 星星也是構圖中適當的點綴，但要留意震動中的航機及
較長的曝光會否令到星星被拉長成為短短的光線，令相
片變得怪異；另外，如前面所述，初學攝影者要明白星
星與雜訊的分別，以免誤當雜訊為星星；

(5) 在航機上看到地面上的城市燈光，因為距離較遠，一般
已不能視作光害，它反而能夠成為構圖內的一部份；

(6) 根據情況，將極光與航機的機翼、月亮、星星、銀河、
雲層及地面的城市光作出不同組合的構圖，效果便能千
變萬化。如果機緣巧合，拍攝時遇上另一航機，該航機
的燈光可能會令構圖變得更豐富和特別呢。

極光天幕

相心閱讀

是誰人將五稜鏡偷偷的掛於天上，將宇宙間那微弱的迷光盡情地收集，再散播於漆黑的晚空？

層層疊疊的五色幻彩恍如天幕般徐徐地降下，想起豁達的古人常説「以天為被，以地為床」，想不到今夜的我，竟「以夢幻極光為被，以軟綿草披為床」，感恩非常。

攝影解説

（1）筆者較喜歡追尋有前景構圖的相片，但當強烈無匹的極光從頭頂上空狂灑而下，也只能暫時忘掉前景，向着天空拍攝。在這一刻，筆者會專注於極光線條的細緻度及質感，務求將極光的神韻拍攝下來。

（2）請留意，過長的曝光時間會令到拍攝出來的極光變成一團團模糊的光塊，失卻了極光的線條，也令極光失掉了韻味。

攝於挪威
相機：A7SII，鏡頭：SAL16F28 + LA-EA4

地圖標示
https://goo.gl/maps/
V5RQfx1my3n

極光謬誤

謬誤	真實
1. 極光只會在晚上出現	極光在白天也會出現，只是在白天的時候，陽光太強烈，極光被強烈的陽光所掩蓋，令我們看不到它。（參第 34 頁「為甚麼會有極光？」）
2. 月圓（農曆十五）的時候是看不到極光的	當極光指數在 KP4 或以上的時候，滿月的光亮度已不能掩蓋極光，所以雖然在滿月的情況下，我們用肉眼也能看到極光。但在極光較微弱的時候，例如極光指數在 KP3 或以下，在滿月的情況下，可看到極光的機會事實上也較低。（參第 123 頁「極光滿月」）
3. 在北極及南極可以看到最強的極光	(1) 一般人說的北極及南極是依據地理概念，但極光的出現是由於地球磁場的關係，而以地磁學的角度來說，地球上的地磁北極是位於加拿大北方的一個島上，而不是北極（North Pole，即地理北緯 90 度）；而地磁南極是位處南極洲的邊沿位置（參第 77 頁「極光地帶」）。 (2) 最強的極光是出現在南北半球的極光地帶內，極光地帶是以地球磁場南北極為中心的橢圓形地帶，地磁緯度在 60 至 75 度之間，而地理上的南極及北極（地理緯度 90 度）卻並不是處於極光地帶內。 所以我們要看最強烈的極光，最好是到極光地帶內的國家及地區觀看。

謬誤	真實
4. 越北的地方，越能夠看到北極光	這也是普遍初學者的錯覺，如上所說，最強烈極光會出現在極光地帶內，如果所身處的位置較極光地帶更北，所看到的北極光也不會是最強烈，因為已不是在極光地帶內（參第 77 頁「極光地帶」）。
5. 極光要在攝氏零度以下才可看到	極光與溫度是完全無關，筆者在 2017 年 8 月底（夏季）到冰島看北極光（也順道去參加冰島馬拉松半馬賽事啊），晚上的氣溫約攝氏 10 度，而筆者卻能一連拍攝了數晚北極光呢（參第 98 頁「極光地圖」）。
6. 有很多人說，看極光一定要選冬天，因為日照時間較短，夜晚時間較長，這樣看到極光的機會當然較大	筆者對此另有見解。有些地方在冬天時經常大雪紛飛或是天陰，這時極光也給雲層遮蔽了，看到極光的機會是較大？還是較少呢？相信大家也想像得到。不少朋友甚至在十多天的行程中，只能看到一晚半晚的極光。在相反的情況下，筆者曾在夏季完結前到訪冰島，由於夏季冰島的天氣頗佳，雖然晚間時間較短（約 3 至 4 小時黑夜），但因為天清的關係，整個行程差不多每晚由日落到日出的 3 至 4 小時間，都可以看到極光呢！所以最重要安排並不是選定在冬天前往，而是要因應你所選的目的地，再安排在天清（即避開雨季和下雪期）及有黑夜的季節前往（按：如果當地正處於日不落的季節，即 24 小時也是白晝，當然不能看到極光）（參第 76 頁「看極光首要條件」）。 另一方面，在冬季的時候，天氣較不穩定，部份著名景點會因天氣情況而不能前往，甚或已被關閉，這方面遊人也需要考慮。 而實際上，春天和秋天較之冬天更容易出現極光（參第 84 頁「春秋『易』極」）

謬誤	真實
7. 極光在凌晨 2 時後便會消失	很多導遊會跟你說，極光每天在凌晨 2 時後便會消失，所以極光觀賞團在凌晨 2 時後便會完結，這明顯是導遊想要按時下班的藉口啊（一笑）。
8. 極光每晚會出現 4 小時	同上，一般極光團的時間是晚上 10 時至凌晨 2 時，行程約 4 小時，所以部份導遊會跟你說極光每晚會出現 4 小時（一笑）。
9. 只要極光指數高，而我又在高緯度的地方，例如冰島，便一定可以看到極光	舉一個例子，當你拉上窗簾，便不會看到外面的景物，所以如果當天烏雲密佈，甚至下着雨或雪，極光便不能穿過雲層，你當然也看不到極光了（參第 82 頁「看極光其他條件」）。
10. 如果在航機上遇到最強烈的 9 級極光，一定會是最難能可貴的了	其實由於從太陽而來的強勁帶電粒子群被地球的磁場加速才會產生，而大量及強勁的帶電粒子可對航機上電子儀器產生干擾，甚至損害，所以千萬祈求不要在航機上遇到超強勁的 KP9 啊（參第 40 頁「史上最震撼極光風暴」）。
11. 導遊說因為身處北極圈內，所以極光指數經常可達至 10 級的高強度	官方的極光指數（KP index）只有 0 至 9 級，根本沒有 10 級極光，而 9 級極光也會是數年一遇。部份導遊為了商業考慮會自行制訂他們獨有的極光指數，而這些非官方的極光指數跟官方的可以出現頗大差異，其參考價值實在值得商榷。另外一個方法去分辨導遊所提供指數的真實性，便是看其指數是否有半級的分野，例如：5.5 級、6.5 級極光等，因為官方的極光指數其實是沒有半級這種分野的（參第 38 頁「極光指數」內的列表）。
12. 極光是光，所以沒有聲音	極光其實是有聲音的（參第 110 頁「極光天籟」）。

謬誤	真實
13. 從手機程式(App)中看到的實時極光地帶，發現原來極光是不斷地由東向西移動	極光其實沒有由東向西移動，這只是人們的錯覺（參第 130 頁「極光不是繞着地球轉」）。
14. 任何相機也能拍攝到極光	由於拍攝極光是屬於低光攝影的一種，所以對拍攝器材的感光能力有一定要求，不要期望進階相機（俗稱「傻瓜機」）能拍攝到極光啊，但近年市場上推出強調能拍攝低光下景物的相機及手機產品，應該能應付有關需要（參第 142 頁「旅程準備」）。
15. 極光的顏色受雲量及雲層影響	極光是受大氣層內的氣體（主要是氧氣及氮氣）及來自太陽的帶電粒子影響，而雲層是水蒸氣（空氣中的水份），所以與極光的顏色沒有關係（參第 46 頁「極光顏色」），而且以高度來說，雲層比極光低得多，高層雲大約是處於 6 公里的高度，而極光的高度通常是介乎 80 公里與 1,000 公里之間，所以雲層是會遮擋極光，而不是影響極光的顏色。

極光天窗

相心閱讀

當極光儼如帳幔般被慢慢地拉開，空中便透現出一扇天窗，抬頭往窗外望去，深邃的夜空呈現眼前，內裏寶石般的星星在不停地閃耀。

這刻，作為城市人的我已完完全全放鬆，不需要按下任何按鈕，心靈之窗便自自然然地敞開。心窗在一瞬間便與天窗連成一線，我重新發現，原來我也是這浩瀚宇宙的一分子。

星星們在夜空中不停地閃耀，難道它們其實是宇宙間其他數之不盡的心窗？……他們正在交談？還是仍在嘗試接通？

攝影解說

（1）只要與背景的雪山作對比，便可以看到附圖中的極光非常巨大，如果這極光在筆者頭頂上方位置出現的話，筆者便只能向着天空拍攝，拍出沒有前景的極光相片，但因為它是在遠處雪山上出現，所以拍攝角度的選擇便多了，也能將其他前景放入構圖內。

（2）選擇了拍攝前景後，便要令拍攝出來的前景清晰可見，否則當前景變成了陰影，便會失去了原本所期望表達的主題。有朋友說極光永遠也應該是相片的主題，但我更相信，在很多時候，主題應該是拍攝者內心對景物的感覺。

攝於挪威
相機：A7SII · 鏡頭：SAL16F28 + LA-EA4

為甚麼會有極光？

極光並不是地球自行產生出來的自然現象，它的源頭是太陽。

太陽的表面無時無刻會有帶電粒子衝破太陽的引力束縛而離開太陽，這便是太陽風（Solar Wind）。而地球因為有自身磁場的保護，會將這些來自太陽的帶電粒子引導至外太空，不大受其影響，可是太陽風的強度並不是恆久穩定的。

有些時候，太陽表面會出現激烈的磁場活動，這些磁場風暴的密集區被稱為「太陽黑子」（Sunspot），這是因為它們的溫度較周圍地區低，所以看起來像太陽表面出現了一些黑點。當太陽黑子活動變得很活躍的時候，會出現耀斑（Solar Flare），強烈耀斑有時會向外射出日冕（CME: Coronal Mass Ejection），大量的帶電粒子便會透過日冕被拋射出太陽。（按：根據天文學家研究，耀斑與日冕間的關係仍然不是十分明確。）

當這些帶電粒子來到地球時，地球磁場受到干擾，而地球磁場會將部份帶電粒子捕獲及加速帶往南北兩極（磁場極點）。這些高速的帶電粒子在途中與大氣層中的氧氣及氮氣粒子（原子及分子）碰撞，將能量傳給了這些氣體粒子。而當氣體粒子從高能量狀態返回慣常狀態時，多餘的能量便以光線的形式發放出來，因而產生極光。換句話說，極光的發光原理與我們家裏的照明光管頗為相似。

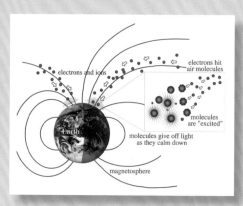

圖片來源：美國太空總署

基於以上解釋，一般推測極光的方法便是觀測太陽黑子及日冕的活動。結果坊間出現了一個簡單的說法：「沒有太陽黑子的出現，便沒有極光。」但這其實只是初學者的誤解，我會在本書第 107 頁「非常極光」及第 114 頁「極光突發小型風暴」內談及這方面。

極光並不是地球獨有的自然現象，太陽系的部份行星也有極光出現，例如：木星 (Jupiter)，土星 (Saturn) 和天王星 (Uranus)，而部份行星則卻是不會出現極光的，例如：沒有被磁場包圍（按：磁層 Magnetosphere）的火星 (Mars) 及金星 (Venus)，以及近乎沒有大氣層 (Atmosphere) 的水星 (Mercury)。因為極光只出現在擁有大氣層的星球，所以科學家在追尋外太空生命時，也會以觀察該星球有沒有極光為其中一個指標，因為大氣層的存在是出現生命的一個重要因素呢。

美國太空總處在 2007 年發射了 5 顆人造衛星往太空，以觀察地球磁場變化與太陽活動的關係，整個觀察計劃名為 The Time History of Events and Macroscale Interactions during Substorms，縮寫是 THEMIS，THEMIS 是希臘神話中的泰美斯女神，亦即是香港終審法院大樓上那位蒙上雙眼、右手持天秤、左手持寶劍，代表大公無私的正義及法律女神。

相機：A7RII，鏡頭：SAL1635Z + LA-EA4

極光星圖

攝於加拿大黃刀鎮瑪德琳湖（Madeline Lake）
相機：A7RII

相心閱讀

據說在寂靜的時候，便能看清這世界，這點我不大相信。那個時候，只是耳根多了一點清淨。又說在心靜的時候，便能看清這世界，這點我亦不大認同。那個時候，只是心內少了一些漣漪。在寂靜和心靜的時候，我再沒打算去看清這世界。在這一刻，城市中的紛擾與我何干？在這寧靜的淡水湖泊之中，我正在享受着那份自然淡泊的氣息。

攝影解說

要不斷嘗試調整 ISO 值來找出最佳效果的設定。但千萬不要盡量加大 ISO 值，因為這會引致大量雜訊（Noise，即數碼相片中的粗糙微粒，影響相片質素）出現，初學攝影者可能會以為這些白點是天上的星星，但看得細緻一點，便會發現這些其實是雜訊，是調校 ISO 值不當的表現。

地圖標示
https://goo.gl/maps/
eB7abNUJxgA2

極光森林

相心閱讀

森林之內不時傳來動物發出的聲響，牠們正好奇地留意着我這個未嘗遇見的可疑物種，但沒多久，聲響便默然而止，可能牠們已發現，我這異鄉來客表現得靜靜的，似已融入這大自然之內，與牠們的生活並沒有多少相干。

森林、湖泊、山巒、繁星、極光等皆我所愛。在這裏，不需沉思，無用細想，我自自然然的感覺到，我實在應該忘了繁華，而往大自然之中尋找「確幸」。

攝影解説

如果拍攝前景的樹木密集，而當時的風勢頗大的話，便要縮短曝光的時間，以免出現樹木晃動，對焦不清、影像模糊的情況，但這樣又可能會引致對極光的曝光時間不足，這時便要提高 ISO 值作補救，但雜訊又會增多。所以拍攝者要不停的對曝光時間、ISO 值作出協調取捨，以期達到較滿意的效果。

地圖標示
https://goo.gl/maps/
x8vG4BsXhKu

相機：A7SII，鏡頭：SAL16F28 + LA-EA4

極光指數
地磁擾動指數（KP-Index）

歐洲通用的 KP-Index （0 至 9 級）

在 1938 年，德國人尤利烏斯·巴特爾斯（Julius Bartels，他是國際地磁與氣象學會的創始會長）創立了 K-index，將每天分為 8 個時段（0-3, 3-6,⋯⋯ 21-24），每個時段 3 小時，用以反映該時段內的地球磁場強弱（Geomagnetic），但 K-index 的數字是根據一個天文台的地磁數據所制訂，所以這個數字只是地區數據。

其後以 K-index 為基本，根據全球 13 個天文台（北半球 11 個，南半球 2 個）提供相同時段的 K-index，計算出平均數，這便是全球性的 KP-index，也是現在被廣泛使用的地磁擾動指數，亦即觀賞極光時所指的「極光指數」。

從上述計算方法中可看到，KP-index 只是一個籠統的平均數據，在相同的時段內，不同地方的 KP-index 必然相同，但它們的 K-index 卻是不同的，所以可以看到不同強弱的極光，例如，在 KP-index 是 3 的時候，你可能能在加拿大看到很清晰的北極光，但如果你當時在俄羅斯，你卻可能甚麼也看不到。

KP-index 是由 0 至 9，共分 10 級，如果再細分，實際上可分為 28 級（0 級被細分為兩級、1-8 級中每級被細分為 3 級、9 級被細分為兩級，參右頁的對照表），但我們觀賞極光，一般只是以 10 級（0 至 9 級）為劃分。

明顯地，高的 KP-index 代表較強的極光會出現，所以高 KP-index 的情況下，地理上較南的地方（以北半球來說）也可以看到極光。

圖片來源：美國太空總署

極光風暴指數

地磁風暴指數（G-storm Scale）

美國的 G-storm Scale（0 至 5 級）

美國國家海洋暨大氣總署（NOAA）將地磁風暴（Geomagnetic Storm）簡化為 6 級，如果比對 KP-index，可以將極光風暴指數與極光指數之間的換算，簡單表列如下：

KP-index 9 級極光指數	極光指數 28 級讀數			G-storm Scale 6 級極光風暴指數	
0	/	0	0.33		Quiet 平靜
1	0.67	1	1.33		Quiet 平靜
2	1.67	2	2.33	G0	
3	2.67	3	3.33		Unsettled 波動
4	3.67	4	4.33		Active 活躍
5	4.67	5	5.33	G1	Minor 小型風暴
6	5.67	6	6.33	G2	Moderate 中型風暴
7	6.67	7	7.33	G3	Strong 強烈風暴
8	7.67	8	8.33		Severe 嚴重風暴
9 -（即 9 級內的最低級）	8.67	/	/	G4	Severe 嚴重風暴
9（即 9 級內的最高級）	/	9	/	G5	Extreme 極端風暴

所以如果朋友跟你說，他看過極光風暴，那麼他便是見過 KP5 或以上的極光了；而當你再細問他看過哪一級的極光風暴，如果他跟你說，他看過 3 級極光風暴，那麼他看到的便是 G3，也即是 KP7 極光了。

觀賞須知

史上最震撼極光風暴

太陽風暴 1859——「卡靈頓事件」（Carrington Event）

在 1859 年 9 月 1 日，當時為西方天文史上第 10 個太陽活動周期（10th Solar Cycle, 1855-1867）的中段，地球經歷了西方天文史上最強烈的太陽磁場風暴，這被稱為「太陽風暴 1859」或「卡靈頓事件」。

在事發前 4 天（8 月 28 日），太陽黑子活動已經非常活躍，在 8 月 29 日緯度低至澳洲的昆士蘭（Queensland）已可看到南極光，因為有一個頗強的日冕（Corona）將帶電粒子射向地球，它在太陽與地球間闖出了一條短暫通道給其後到達的帶電粒子。

在 9 月 1 日正午，英國的天文學家卡靈頓（Richard C. Carrington）及何臣（Richard Hodgson）分別觀察到太陽向着地球的方向爆出了一個威力極大的白色日冕，因為這日冕極其巨大及上一個日冕已清空了太陽與地球間的通道，帶電粒子便快速地（約 18 小時，而在正常情況下，需要 40 小時）到達地球。當時，極光亮度達到極誇張的地步，據報美國的金礦礦工以為已經日出，紛紛起來煮早餐；美國北部的人甚至可以在極光下看報紙。而據報北緯低至羅馬及夏威夷的地方也看到了極光，試想想，夏威夷的緯度是低至北緯 18 至 28 度之間，可見當時的極光有多強烈。而香港當時還只是小漁村，當然沒有文獻記載，香港當時的地磁緯度也低至約北緯 11 度（地理緯度 22 度），極光實在難以出現。

在中國古籍《欒城縣志》中，卻對這次事件有所記載：「清官咸豐九年……，秋八月癸卯夜，赤氣起於西北，亘於東北，平明始滅。」而中國古代經常以「赤氣」來代表北極光，咸豐九年便是公元 1859 年，秋八月癸卯夜便是 9 月 2 日晚上。

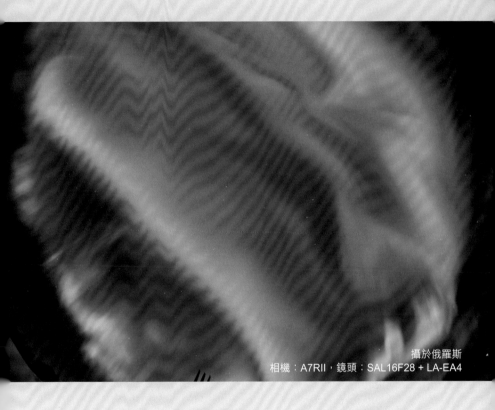

攝於俄羅斯
相機：A7RII，鏡頭：SAL16F28 + LA-EA4

在歐洲及北美洲，當時電報服務受影響而中斷，電報機出現火花，電報操作員受到電擊，據 2013 年估計，如果「卡靈頓事件」發生於現代，單單在美國所引致的經濟損失將達到 6 千億至 2 萬 6 千億美元。

大家可能會問，我們會否遇到另一次「卡靈頓事件」級數的極光風暴呢？

事實上，在 2012 年 7 月 23 日，太陽表面爆出了一個「卡靈頓事件」級數的日冕，而幸運地，它並不是向着地球的方向，地球並沒受多大影響，否則其對現代電子設備（特別是人造衛星）的破壞及將引致的全球經濟損失，確實在是難以估計。萬事切忌過猶不及，適量大小的日冕給大家看到美麗的極光已很足夠了，大家千萬不要希望看到「卡靈頓事件」級數的極光啊！

此外，在 1958 年 2 月 11 日，也曾經出現一個強勁的極光風暴，據記錄，在美國及歐洲廣泛地區，人們都看到了極光，當時美國國內的電台廣播出現中斷，電報及電話也出現了問題，美國甚至與南美洲完全失去聯絡。另外，當年日本報章也刊登了在日本上空出現漫天紅色極光的相片。

東方天文史上持續最長及最震撼的極光風暴（1770 年）

在西方天文史上第 2 個太陽活動周期（2nd Solar Cycle, 1766-1775）中，於 1770 年 9 月 16 至 18 日出現了一次超巨型的極光風暴。而根據在 2017 年日本學者剛發表的研究指出，在中國及日本的史籍中對這次事件有更詳盡記載，他發現這次風暴原來持續了 9 個晚上，而「卡靈頓事件」卻只維持了兩晚。筆者翻查中國史籍，發現《清史稿・災異志》詳細記載這次事件，原文曰：「乾隆三十五年七月二十八日，肥城有赤光自北方起，夜半漸退；長山西北見赤氣彌天，中有白氣如縷間之，四更後始散。二十九日夜，榮成夜見紅光燭天；東光有氣如火，橫蔽西北，互數十丈，中含紅光，森如劍戟上射。」而乾隆三十五年七月二十八日便是公元 1770 年 9 月 17 日。在這時，正在澳洲的著名探險家庫克船長（Captain Cook，新西蘭有一座山命名為庫克山 Mount Cook），也在南半球看到了強烈的南極光。**筆者相信依據這最新研究，1770 年的極光風暴應該較「卡靈頓事件」更為強烈，堪稱「史上最震撼的極光風暴」**，但仍有待國際天文界的共同確認。

極光愛回家

相機：A7RII，鏡頭：SAL16F28 + LA-EA4

相心閱讀

城市人總説人生如賽跑，快往前跑，快往前走，要一往無前，起點跟終點相距得越遠越好，人生是直線的，就看你能跑得多遠。

但我總覺得，人生應該像一個大迴環，起點是家，終點也是家，人生應是一個以家為中心的旅程，人們只是在世上轉了一圈吧了。

誰説圓形的路途不可以很精彩呢？

攝影解説

在旅程中，拍攝者可細意觀察當地景物，分辨出當中的特點，然後嘗試將自己的感覺及想法與之配合，從相片中表達出來。「相」片的重「心」應是反映拍攝者心中所思所「想」。從來沒有單一的攝影方法可套用於所有的景物之上，因應情況將景物與心中所想配合，主題才會有所分別，你的相片與你身旁攝影師所拍到的，亦會有所分別。

地圖標示
https://goo.gl/maps/
zWujkaF7ysz

相機：A7SII，鏡頭：SAL16F28 + LA-EA4

幸福又幸運的南極光

相心閱讀

縱使天清無雲的深夜，我們也不是一定可以看到南極光女神，因為是極光指數需要處於更高的水平，大家才可以看到。

所以如果看到北極光會變得幸福的話，那麼看到更難遇上的南極光，相信會是既幸福，又幸運的事情了。

筆者第一次看到南極光的時候，真的興奮得難以形容。

攝影解說

（1）人類的眼睛對綠色最為敏感，這也是其中一個原因，為甚麼我們看到的極光大多是綠色的；

（2）於不同的高度，大氣層的氣體粒子成份不同，因此所產生的極光顏色便不同；

（3）遠距離觀看的關係（側望），大家可看到在不同高度中所出現不同顏色的南極光（參第 46 頁「極光顏色」）；

（4）在月亮較明亮的時候，其實在延長曝光的情況下，可以拍攝到淺藍色的夜空，所以要考慮極光強度及月亮光度間的相互協調，以期把握機會，拍攝出不一樣的藍色夜空下的極光相片。

攝於加拿大黃刀鎮
相機：A7RII，鏡頭：SAL16F28 + LA-EA4

尋尋覓覓

相心閱讀

這相片在黃刀鎮天氣轉寒、湖水結冰前的一天拍攝，過了這天，湖面便不能反照出極光的倒影了，而倒影確實是風景攝影的一大題材。

其實在風景攝影的世界，並不只是要求攝影技術的磨練、意念的創新，攝影師也要涉獵天文、地理、歷史、天氣、動植物及其他方面的知識，以期能把握較佳的拍攝時間和機會。畢竟，我們這些小職員的年假都是非常珍貴的啊！（一笑）

攝影解説

據筆者的經驗，與其大費周章，硬要前往特定的旅遊景點拍攝，又或是到處尋覓理想的拍攝地點，倒不如跟當地人閒談，問問他們兩個問題：

（1）你們覺得在哪裏看極光最佳？

（2）你們經常在哪裏看極光呢？

第一個問題的答案通常是當地著名景點，而你跟着第二個問題的答案走，結果多半錯不了呢，而那裏一般是在城市內或城市附近的地方，交通較便捷，前景也較會特別（當然要注意人身安全啊）。

地圖標示
https://goo.gl/maps/Ks8uwfbnBJD2

極光顏色

當不同能量水平的帶電粒子與不同類氣體粒子（按：地球上的空氣主要以氮氣及氧氣組成）碰撞，會引發不同的極光顏色。據美國太空總署所作出的簡單解釋，以三原色（紅、綠、藍）來分類，氧原子會引發紅、綠兩色（當中的高能量的碰撞引發綠色，低能量碰撞引發紅色），而氮氣分子則主要會引發藍色。而我們看到的其他極光顏色，例如紫、黃、粉紅、白等，大部份是這三原色不同程度的混合。

根據筆者的經驗，在極光微弱及很強的時候，極光會偏白（按：在微弱光線下，眼睛的顏色分辨能力也較弱），其他時間主要看到的是綠色，而其他如紅、黃、藍及紫這四種顏色是否出現，便要視乎當時的極光強度、遠近、動態等情況了。

據美國國家海洋暨大氣總署解釋，極光於 80 至 1,000 公里的高空出現，但最常出現的高度是 100 至 250 公里。簡單來說，不同高度下出現的極光顏色如下：

氣體粒子	高度	顏色
氧原子 O	高於 250 公里	紅色
氧原子 O	100 至 250 公里（極光活躍帶）	綠色
氧氣分子 O_2 及氮氣分子 N_2	低於 100 公里	紅色、藍色

氫氣及氮氣粒子也會發出藍色及紫色極光，但這要在非常強烈的極光下，大家才可看到。其實極光出現時，也會出現我們肉眼所看不到的光線，例如紫外線、紅內線等，這些光線當然需要特別相機或人造衛星才可拍攝得到了。曾經有攝影師在北歐拍得粉藍色的神秘極光，詳情參第 101 頁「極光二戰紀念碑」。

極光軍機殘骸
（冰島——失事軍機 DC-3）

相心閱讀

橫臥於淺灘之上，已經歷了無數寒暑。當天意外之後，你折翼難飛，往昔的躊躇滿志早已煙消雲散。這夜迷光漫天，淡忘了的回憶再次被勾起，你又開始在高談着過往長空激戰的場面。

朋友，與其讓時光流逝，每天在緬懷着從前的光輝，不若將身上的傷痕撫平，重新出發，嘗試闖開另一片天。

（按：前往軍機殘骸的方法，請參下文「前往美國軍機 DC-3 殘骸的方法」）

攝影解説

由於這裏是攝影師們頗熱門的景點，為免影響其他的攝影師，所以是較難靠近機身的旁邊拍攝，但因為筆者專誠揀選夏天（8 月底）的時間到該處拍攝，整夜也沒有其他人士到來，所以拍攝的角度可更為自由，構圖也可與其他攝影師的不一樣。故此，雖然是相同拍攝地點，但如果選擇在不同的時間前往拍攝，出來的效果可以是完全不同。

相機：A7SII．鏡頭：SAL16F28 + LA-EA4

前往美國軍機 DC-3 殘骸的方法：

(1) 因為殘骸所在地的地主已不再允許遊人直接驅車前往，所以只能在附近的停車場泊車，然後徒步 3.8 公里的平路前往（按：不想步行的話，也可預訂這景點的小型專車服務，但收費頗高）；

(2) 徒步來回耗時約兩小時（不計算在景點的逗留時間）；

(3) 地處海邊，風力較大，建議不要在下雪天及冬季前往。

地圖標示
https://goo.gl/maps/
LgY3iYEVwHS2

DC-3 殘骸附近停車場（免費）

地圖標示
https://goo.gl/maps/
QMrqZ2GkhEs

DC-3 殘骸所在地

相機：A7SII，鏡頭：SAL16F28 + LA-EA4

相中冠冕狀的極光剛好在 DC-3 殘骸之上出現

龍骨極光
（冰島——太陽航海者 Sun Voyager）

攝影解説

這件戶外藝術雕塑《太陽航海者》是位處冰島海邊的著名地標，所以遊人很多，難以避免將遊人也攝入相中，而這相片中看不到遊客，只是因為極光剛巧出現，遊客們便立即湧到岸邊位置觀賞極光，在這情況下，筆者便以藝術品來遮蓋人群。但另一方面，藝術品被不同角度的強烈射燈照射，光害非常嚴重，為了要避開射燈的光源，拍攝角度也受到限制。可惜在當晚筆者拍攝的深夜時份，夜霧驟至，掩蓋了極光，故只能留待下次筆者再到冰島時，才嘗試拍攝沒射燈干擾下的「太陽航海者號」了。

地圖標示

https://goo.gl/
maps/1JqKsGTKhS52

相機：A7RII・鏡頭：SAL16F28 + LA-EA4

飛機地標極光

（加拿大黃刀機場旁——Bristol Monument）

相心閱讀

曾到訪黃刀鎮的旅客一定看過這架 Ward Air 舊飛機，因為它是安放在機場旁邊的小山丘上，而小山丘在機場公路旁邊，所以非常顯眼，它也因此成為代表黃刀鎮的地標。而因為黃刀鎮機場只是小機場，光害不太大，所以在機場旁邊已可以看到極光了，黃刀鎮被稱為加拿大「極光之都」，確實是大有原因。

攝影解說

（1）機翼下的位置較暗，需要用手電筒快速補光，而機身則被機場的少量燈光所照射，光線已足夠拍攝；

（2）記着要帶白光電筒，你也不希望拍攝出怪異的顏色吧；

（3）不要帶散射電筒，因為未必可均勻地為景物補光；

（4）當然補光時不要影響其他人士。

地圖標示
https://goo.gl/
maps/2YYnWPey7VN2

相機：A7SII，鏡頭：SAL16F28 + LA-EA4

北極大教堂
（挪威——Arctic Cathedral）

景點介紹

深信每個地方的建築物總能反映當地人的個性，在北歐的村落市鎮，我總會看到與周遭環境和諧共融的建築物，給人一種舒暢的感覺。望着這些建築物，當地人的性格可略知一二，所以千萬不要錯過這些建築，特別是宗教性的，因為人們的生活中心便在這裏。當然在參觀的時候，要確保尊重他人的信仰啊！

地圖標示
https://goo.gl/maps/Nsk7aadLxv72

攝影解說

（1）香港教堂的建築風格一般比較傳統，外國教堂的建築卻較多變化，而因為北歐建築以多窗及大窗的採光設計為主流，所以很多教堂也選用這一建築形式。在晚間，如果教堂內仍未關燈，內裏的燈光可將整座教堂幻化成一幢水晶建築物般，配合教堂上空的極光，一座極光水晶宮便展現眼前；

（2）攝影可以是反映實況，也可以是錯覺的展示；攝影可以是景物、人物的留影，也可以是攝影者內心的反映、記錄，在按下快門的一刻便需要決定這取態。

相機：A7SII，鏡頭：SAL16F28 + LA-EA4

極光形態

極光的形態

極光的形狀一般可分為七種：弧狀（Arc Aurora）、絲帶狀（Ribbon Aurora）、簾幕狀（Drapery Aurora）、放射狀（Corona Aurora）、片狀（Diffuse Aurora）、脈動雲狀極光（Pulsating Patches Aurora）及「史提夫」（STEVE Aurora）。

（1）弧狀極光（Arc Aurora）

有些人會將所有弧狀極光及帶狀極光籠統地歸成一類，但以觀賞極光角度來說，筆者認為將它們仔細劃分較恰當。

相機：A7RII

（2）絲帶狀極光（Ribbon Aurora）

帶狀極光（Band Aurora）可細分為三種，分別為絲帶狀（Ribbon Aurora）、簾幕狀（Drapery Aurora）及放射狀（Corona Aurora）。

（3）簾幕狀極光（Drapery Aurora）

帶電粒子並不是在空中自由自在地移動，它們是受地球磁場的影響及限制。換言之，它們的移動方向是跟地球磁場平衡，所以當極光強烈和較近的時候，我們可以看到極光非常細緻，像一絲一絲的光線或窗簾布般掛在空中，這其實是顯示了當時地球磁場的較細緻形態。簾幕狀極光及放射狀極光便是在這情況下出現。

相機：A7SII　鏡頭：SAL16F28 + LA-EA4

53

相機：A7SII，鏡頭：SAL16F28 + LA-EA4

（4）放射狀極光（冕狀極光，Corona Aurora）
與簾幕狀極光有些相似，但冕狀極光是在觀賞者的頭頂上方灑下。

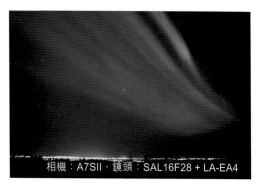

相機：A7SII，鏡頭：SAL16F28 + LA-EA4

（5）片狀極光（Diffuse Aurora）
當極光消散時，會化開成一大片。如果它較為暗淡，可能會被誤認作雲，但如果我們能持續望到其背後的星星，便會知這它是片狀極光了。

相機：A7RII，鏡頭：SAL1635Z2

（6）脈動雲狀極光
（Pulsating Patches Aurora）

有些時候，極光會像一朵朵的雲，而且會
發光數秒，然後轉暗數秒，再發光，再轉
暗，持續不斷。這種極光會慢慢地不規則
移動。而太空總署的 THEMIS 計劃發現這
是地球磁層（Magnetosphere）內的一種等
離子波（稱為 Whistler Mode Chorus）所引
致，在此不作詳述，而這成因與之前提及
的數種極光並不相同。

相機：A7SII，鏡頭：SAL16F28 + LA-EA4

（7）「史提夫極光」（STEVE Aurora）

這是美國太空總署在 2018 年 3 月確認的最新類型極光，它於 2015 年首次被發現，其英文全名為 Strong Thermal Emission Velocity Enhancement，簡稱為 STEVE，讓我們簡單地叫它作「史提夫極光」吧！

「史提夫極光」是非常特別的極光，現在仍未知曉它是如何形成，但相信與「亞極光離子漂移」（Subauroral Ion Drift，簡稱 SAID）有關，從前的研究並沒有發現 SAID 能發出可以被看到的光線。

筆者拍攝到的 STEVE（紫色部份），肉眼看到約 15 分鐘，而由於太微弱的關係，只能拍攝約 5 分鐘。

「史提夫極光」的基本特性如下：

(1) 通常在較低地磁緯度的地區出現；

(2) 曾出現於加拿大、美國、英國及新西蘭等。其他觀賞極光的國家地磁緯度較高，暫未有發現它的報告；

(3) 微弱、狹窄弧形、靜止不動、紫色。有些時候，它的旁邊會出現綠色的籬笆狀極光；

(4) 在東西方向出現、長度可達數百至數千里；

(5) 通常只能維持 20 至 60 分鐘內便會消失；

(6) 不會單獨出現，附近會出現其他極光；

(7) 暫沒有在冬季出現的記錄。

朋友們曾拿自己所拍到的極光相片向筆者詢問是否 STEVE，筆者便以上述簡單的特性跟他們說明：

(1) STEVE 是較微弱及以狹窄弧形出現；

(2) 不要誤會極光崩離時出現的紫色便是 STEVE；

(3) STEVE 在較低緯度的地區出現，這與人們慣常在高緯度地區所看到的極光明顯不同。

極光天使

相心閱讀

人們對這幅相片的感覺頗特別，有人説極光像「天使拍翼」，又有人説像「鳳凰展翅」，更多的人説像「蝴蝶飛舞」，極光動態的千變萬化由此可見一斑。從另外的角度看，也可以了解到對相片的感受，會依據觀賞者的不同經歷及角度，而得出不同的體會。

你又覺得相片中的是甚麼呢？

事實上，在豁然開朗的時候，我看到了「鳳凰展翅」；在思索人生的時候，我見到了「蝴蝶飛舞」（按：可能我想起了「莊周夢蝶」），而在心情平和的時候，我又望到了「天使拍翼」。

我發現在相片中最能看到的，原來是一個人的情緒起伏、哀樂喜怒。

相機：A7SII，鏡頭：SAL16F28 + LA-EA4

極光「汪星人」

相心閱讀

三年前，家中的小狗 Toro 因意外離開了我，直到現在，我每天還在想着牠，牠燦爛的笑容、佻皮跳脫的舉動及依偎着我的情景仍深深地印在我的腦海裏，真希望牠會再次出現在我的眼前。

今夜我看到的極光，活像是一隻可愛的小狗，是 Toro 嗎？我很掛念你！你回來看望我嗎？

相機：A7SII，鏡頭：SAL1635Z + LA-EA4

攝影解說

拍攝極光時，要注意不同方位的極光形態，不要永遠只選用廣角鏡及魚眼鏡向着天空拍攝，因為這種單一的構圖及手法，看多了也會覺得單調，而且也會錯過很多有趣的構圖。相信很多朋友在白天時，也曾觀看天上的白雲，然後幻想它們是綿羊，是小狗等，其實拍攝極光也可以採用類似的想法，將極光當作浮雲來拍攝，這樣主題便有較多的變化，亦會來得生動有趣。

極光海豚
（極光離遊記）

相心閱讀

小海豚厭倦了於海中暢泳，想嘗試離開海洋，往天空上翱翔。但友伴們卻説，相傳海面上其實有一道無形屏障，所以千萬不要往上沖、向上闖，否則準會撞得暈頭轉向。這夜，小海豚奮力一躍，才發現原來沒有甚麼屏障，也沒有甚麼高牆，一切皆只是以訛傳訛的負面想像，但卻已將大家牢牢地困着、鎖着。

習慣了一貫的生活框框，誰又有勇氣跨越圍欄，去探索那未知的新世界？這夜，小海豚魚躍龍門，從今以後化身為極光，在無邊無際的夜空中飛翔。

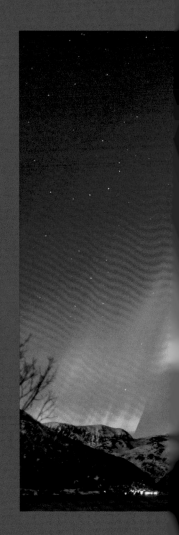

攝影解説

（1）在拍攝極光和星星的時候，經常要將相機的焦點設定為無限遠，有朋友曾將鏡頭焦點轉動至無限遠（手動對焦模式），卻只單純看鏡頭上對焦尺的刻度，而沒有嘗試真正對焦，也沒有嘗試拍一、兩張相片出來查看確定，結果其後發現整夜所拍到的相片也是焦點不對、模糊不清的。所以大家必須要確認對焦，也要試拍一、兩張相片出來查看。

（2）有朋友喜歡以星星作為對焦點，以便設定無限遠（自動對焦模式），然後再轉為手動對焦模式以鎖定無限遠對焦，但星星的光度其實很低，作為對焦點的效果會較差。

（3）筆者較喜歡對焦數十呎外的燈光來設定無限遠（自動對焦模式），因為以拍照的需要來說，這距離其實已足夠，而且燈光的亮度較星星高得多，對焦更容易，確定對焦準確後，便轉至手動對焦模式以鎖定對焦點。

（4）如果附近沒有燈光的話，可將一支電筒或一盞頭燈安放於數十呎外，亦可以由同伴於數十呎外手持電筒或頭燈。

相機：A7SII，鏡頭：SAL1635Z + LA-EA4

相機：A7SII，鏡頭：SAL1635Z + LA-EA4

極光巨蟹座

相心閱讀

夕陽時分，滿天霞彩，絢麗奪目，但魚與熊掌哪能兼得？因為這也代表晚間的極光很可能會被雲層所掩蓋，心想，這晚的極光秀應該會泡湯了。

哪知「巨蟹座」的巨鉗突然橫空而出，像是要掃清天空中的所有浮雲，為今夜的極光表演作出清場的準備。其實巨蟹哪會知道，牠的出現已是一場令人目眩驚嘆的極光秀。

極光解說

在極光指數預報超強的日子裏，有朋友仍然觀看不到極光，便認為極光指數並不準確，但其實在強烈極光出現的時段裏，他所身處的地方仍是白晝，所以他便看不到極光了。大家其實要留意極光指數是以每 3 小時為一個時段的數字，而不應只單純看當天預報的最高數字呢！

極光動態

極光的動靜，千變萬化，筆者將之歸納為五個層級，以罕有度為準，逐級遞上，第一級為近乎不動的極光靜止（Aurora Still），第二級是極光跳舞（Aurora Dancing），直至第五級的極光神龍（Aurora Dragon）。

第一級

極光靜止（Aurora Still）

極光的形狀變動得很慢，甚或由出現至消失的期間，形狀根本沒有甚麼變動。

相機：A7RII

第二級

極光跳舞（Aurora Dancing）

極光並不是在空中靜止不動，它是會不斷地移動及改變形態，但如果極光在距離觀賞者很遠的地方出現，觀賞者便會較難分辨到這些移動及改變。

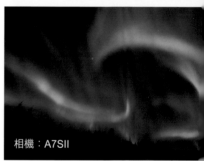

相機：A7SII

當極光在較近的距離出現，而移動速度較快的時候，你便可以看到極光不斷地在擺動及改變形態，這現象稱為「極光跳舞」（Aurora Dancing）。

在極光擺動時，我們會看到下層極光的擺動幅度會較上層極光的為大，這其實是觀看者的角度問題，試想，一輛車在你面前駛過或它在一公里外駛過，在你的視角上，它們的移動幅度是差別很大的。

相機：A7SII，鏡頭：SAL1635Z + LA-EA4

第三級

極光崩離（Aurora Breakup）

有些時候，極光在開始時會以單色出現，當它突然轉強時，會出現不同顏色的光束，艷麗奪目，這現象稱為「極光崩離」（Aurora Breakup）。

根據筆者過去觀看極光的經驗，極光需要轉強才會出現崩離的現象。極光通常是從綠色開始，然後轉強成白色，其實它已包含了出現在不同高度極光的紅、綠、藍這三原色（按：參前文第 46 頁「極光顏色」），如果極光沒有散開（按：這是以觀看者的角度而言，實際上不同顏色的極光出現在不同高度），它仍會是一團白色的極光。但如果它散開，這三原色便會組合及顯現成不同顏色的極光出現。

第四級

極光霹靂（Aurora Breakdance）

如果「極光跳舞」及「極光崩離」兩個現象同時出現，筆者將之稱為「極光霹靂」，是將英文 breakup 及 dancing 兩字融合為一，即霹靂舞 breakdance 的意思。在這時候，極光不斷的分化為五色，迅速崩離及舞動，情景絕對可以用目不暇給來形容。

相機：A7SII，鏡頭：SAL1635Z + LA-EA4

第五級

極光神龍（Aurora Dragon）

筆者分別在阿拉斯加的費爾班克斯和加拿大的黃刀鎮看過兩次非常激烈的極光，所看到的情況極為獨特，較貼切的形容，我將之稱為「極光神龍」（請參閱下頁「中國傳說中的『龍』便是北極光」）。

最誇張的一次，我看到一束淡綠色的極光突然急速變成白色的極光，其後的情況便像有一位天神以這白色極光作為畫筆，在漆黑的天際上作畫。祂的白色筆觸有如跳舞一般，時上時下，由右至左，在天際上龍飛鳳舞，而筆跡所到之處，在過後的十數秒，便崩離成為多色極光。然後筆觸繼續畫出一個大圓形，又略為收細，在圓形內再畫出較細的圓形，圓形的筆跡之後又崩離出奇幻的彩光⋯⋯

整個過程與「極光崩離」及「極光霹靂」有明顯的分別，可清晰看到極光有如一條白龍破空而出，在天際間遊走，龍頭帶動着龍身移動，而龍身又不斷散發着彩色極光。

希望大家未來看到「極光神龍」在天空中盤旋遊走時，記得告訴筆者（在碰面時說一聲或在網絡上通知也行），讓筆者也一起感受大家的喜悅心情啊！

相機：A7SII

好像人們向流星許願般，當筆者看到極光神龍後，便向神龍許願，期望能願望成真呢！

中國傳說中的
「龍」便是北極光

中國東漢許慎所編著的古籍《說文解字》中，「龍」字的說明如下：

> 「鱗蟲之長。能幽，能明，能細，能巨，能短，能長；春分而登天，秋分而潛淵。從肉，飛之形，童省聲。凡龍之屬皆從龍。」

筆者分析

世間當然並沒有「龍」，「龍」只是人從想像中創造出來的生物。但所有想像皆不是無中生有，它必定是從一個原型所蛻變出來。而古人慣常以動物來表達天文現象，例如以「天狗食日」代表日蝕，所以根據前人的分析及推斷，「龍」的潛在原型可能是天空中的雲霧、彩虹、閃電、龍捲風或北極光等這五種自然現象。

據《說文解字》所指，「龍」不但可以發光，也可以變暗（「能幽，能明」），但雲霧及龍捲風並不會發光，而閃電也不會變暗（世上當然沒有「暗閃電」這回事），所以「龍」不會是雲霧、閃電及龍捲風等。《說文解字》又提及「龍」通常會在春分及秋分的時候出沒（「春分而登天，秋分而潛淵」），但彩虹是在雨後出現，不受季節限制，所以明顯地與春分及秋分這兩個節氣沒有任何關聯，換句話說，「龍」也不會是彩虹。

筆者相信由於古代的資料較少，所以前人並沒有將北極光的特性與「龍」的行為模式作出比對。事實上，中國的緯度較低，北極光通常較少在中國出現。曾有學者作出統計，在過去的

3,000 多年間，中國約有 300 多次對北極光的較明確記錄，相信它們應該便是北極光大爆發的日子了。粗略計算一下，會發現平均約十多年才會出現一次，而現代推算的極光周期平均是 11 年多。而根據美國太空總署等機構的研究，春分及秋分是極光出現的高峰期（參第 84 頁「春秋『易』極」），這與「龍」的出沒時間也吻合（即「春分而登天，秋分而潛淵」），所以從天文學的角度來看，「龍」很有可能便是古代中國人所看到的北極光了。

筆者親眼目睹

在筆者於世界各地觀賞極光的經歷中，曾看過極光最激烈的動態（上文第 67 頁提及的「極光第 5 級動態」），當時極光的獨特形態完全符合「鱗蟲之長。能幽，能明，能細，能巨，能短，能長」的描述，活脫脫像一條巨龍在空中游動，如果有薄雲略作遮掩，便有如一條巨龍爪踏彩雲（即第 66 頁「極光霹靂」中提及的五色崩離），在空中騰雲駕霧了。

筆者援引古籍

相信大家也記得，前文「極光傳說」中有關中國傳說的部份指出：(1) 古籍《山海經》曾提及類似北極光的自然現象，名為「燭龍」；及 (2) 古籍《河圖稽命徵》中提及軒轅黃帝的出生與北極光有關。

中國其他典籍大多會以赤氣、紫氣、青氣、赤光來代表北極光，例如《晉書‧天文志》、《周書‧帝紀》、《舊五代史‧天文志》、《宋史‧本紀》、《元史‧本紀》等，數量太多，在此不詳列（按：大家也可查看第 40 頁「史上最震撼極光風暴」中，援引古籍《欒城縣志》及《清史稿‧災異志》來與西方天文記錄的對照）。當然古代也曾經簡單地以神光、星象等其他名稱來代表極光。

中國古時強調天人感應，帝王乃奉天承運，是上天的兒子，故

稱天子。所以各朝代都喜歡以天文現象來彰顯帝王乃上天所授意，因此在帝王出生或登基時，出現了的罕見天文現象便順理成章成為史書上所載的祥瑞徵象，例如：五星連珠、紫氣、赤氣、青氣、赤光等。

筆者試舉《晉書•天文志中》為例供大家參考，原文曰：「瑞氣：……三曰昌光，赤，如龍狀；聖人起，帝受終，則見。」意思是當天空出現形態像「龍」一樣的紅色光線，聖人便會出現，帝王也會登上皇位。如大家再翻看史書，便會看到帝王如魏文帝、晉元帝、隋文帝、宋太祖、宋太宗、明太祖等出生時，也出現了類似的天文現象，篇幅所限，其他帝王的類似記錄在此不作細述。

從筆者上述分析、親身經歷及援引古籍作佐證等，筆者確信中國自古相傳的「龍」便是北極光了。而相信大家也會同意，北極光、龍及帝王天子這三種概念在中國古代互有關連，實在是顯而易見。換言之，北極光便是中國龍，而龍亦代表帝王天子。

極光霓裳

相心閱讀

相傳神仙們皆以雲霧作羅紗，淡雅飄逸，處處透着脫俗出塵之意。而妳卻喜歡薄披霓裳，步履婀娜之間，讓裙襬幻化出五色霞彩，流麗奪目。俗人如我，只能呆看出神。

若眾神仙已自塵世中脫俗，那麼在眾神仙中脫「俗」而出的極光女神，又當何以形容呢？

相機：A7SII，鏡頭：SAL16F28 + LA-EA4

極光鬱金香

相心閱讀

自古流傳着一個童話故事，一個美麗女孩受到了三位男士的熱烈追求，王子、騎士及富商分別奉上王冠、寶劍及黃金。女孩為了不想傷害到他們中的任何一位，便懇求花神將自己變成一朵鮮花。花神想了一想，便將王冠變成花蕾，寶劍變成葉子，黃金變成根部。花神將這三件寶物全放在女孩的身上，瞥眼間，女孩變成了一朵高雅迷人的鬱金香。

今夜，極光女神化身成鬱金香，難道她也感覺到世人對她的傾心愛慕？

攝影解説

有朋友問筆者，在香港沒有拍攝極光的機會，更加沒有相關經驗，該如何準備拍攝極光呢？答案其實很簡單，在香港時，勤力練習在夜間操作你的相機（按：在沒使用電筒照明的情況下）。而在外地第一晚看到極光時，當以觀賞為主，拍攝為副。第一次看到極光時的心情必定是雀躍萬分，手忙腳亂在所難免，所以不要期望在這晚上拍攝到稱心滿意的佳作。相反地，這刻應該是以觀賞為主，也嘗試在不同的相機設定下拍攝，為第二次看到極光時作前期的拍攝測試。

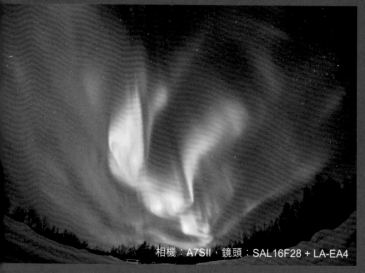

相機：A7SII，鏡頭：SAL16F28 + LA-EA4

極光女神之三個願望

相心閱讀

兒時聽説的童話故事，總説阿拉丁燈神會為人達成三個願望。望着這晚的夜空，心想難道這是極光女神發給我的暗示？極光女神會給我達成三個願望嗎？

攝影解説

筆者當時身處的拍攝地方，光線太過強烈，所以需要以黑卡、漸變灰濾光片等去遮擋部份光線，才能令影像不會過份曝光。

相機：A7SII，鏡頭：SAL1635Z + LA-EA4

極光作曲家

相心閱讀

音樂之神輕挽着極光女神的纖腰，在天際間迴旋共舞。飄逸的舞步配合着靈動的腰肢，讓女神的長裙搖曳出一扇一扇的圓弧，圓弧狀的裙襬在夜空中又透現出一浪一浪的光譜。

這夜，音樂之神要以這五色光譜作為五線樂譜，為女神編寫出一首一首悦耳動人的圓舞曲。

攝影解説

當極光跳舞（Aurora Dancing）時，便要縮短曝光時間，以便可以將極光的紋理拍攝下來，太長的曝光會將令拍攝出來的極光變得模糊，極光變得沒有形態。

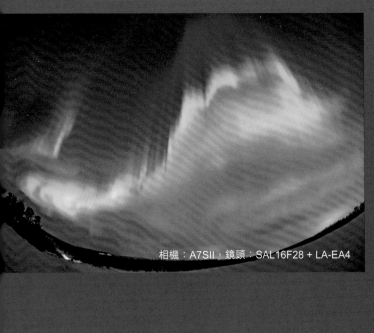

相機：A7SII，鏡頭：SAL16F28 + LA-EA4

極光綑仙索

相心閱讀

今夜天色清美，眾星雲集，各星座的神仙盡現眼前，但說時遲那時快，極光女神翩然而至，她輕輕施展腰間的綑仙索，立時便將各神仙收歸旗下。

人們的目光現在全安放在女神身上，眾神及其所屬星座，已盡被世人所遺忘。

攝影解說

（1）對筆者來說，以肉眼所見，極光的吸引力較天上的繁星大得多，因為極光的形態及色彩通常會掩蓋那點點的星光。但如果在極光指數較低時觀賞北極光，又或是遙看南極光，筆者便會將銀河繁星加入相片的構圖之中，與極光配合，互相輝映；

（2）筆者以魚眼鏡拍攝，樹木會出現稍為傾斜的情況，但筆者並沒有以修圖軟件調校相片中樹木的傾斜度，因為想要配合主題中極光綑綁的姿態，相片中極光繩索與下面樹幹的方向比較配合。

相機：A7RII，鏡頭：SAL16F28 + LA-EA4

看極光首要條件

首要條件——地點

有很多朋友曾問我，怎樣才可看到極光？我通常會反問他們：
「你們認為看極光的首要條件是甚麼呢？」

我錯愕地發現，在我收到的回應中，當中有一半說是極光指數，他們說只要極光指數強，便可以看到極光了。

讓我在這裏作個假設，如果我們遇到 9 級極光，而你是身處香港的話，你是否可以看到極光呢？換句話說，不論你是在北半球或南半球，不論極光指數多麼強（按：除非你遇上「卡靈頓事件」般級數的極光），如果你身處極光地帶以外，你是不會看到極光的。

所以，看極光的首要條件是——地點！

甚麼是最適當的地點呢？大家務必以極光地帶內的國家及地區為首選。

這時，讀者們可能會問，甚麼是極光地帶呢？請參下文。

極光小知識

午夜太陽（永晝）Midnight Sun

有朋友問筆者：如果是在北極圈內的話，便應該很大機會可以看到北極光吧？

筆者說：其實不是呢！大家可能忘記了地球的地軸相對於太陽是傾斜的，所以北極圈內的地區，全年有部份時間太陽是全日 24 小時不下山的（即沒有日落），換言之，整天也是白晝，並沒有黑夜，這現象被稱為「永晝」。在這情況下，北極光會被陽光所掩蓋，這樣又如何能看到北極光呢？

極光地帶

極光地帶（Auroral Ovals）是以地磁學的南北極（Geomagnetic Pole，並不是我們一般所說地理上的南北極 Geographic Pole）為中心所展開的橢圓形地帶。在這地帶內，極光的強度會高過地球上的其他地方。據美國國家海洋暨大氣總署的研究指出，極光地帶通常位處地磁緯度的 60 至 75 度之間，南緯亦然。

以下是以觀賞極光而聞名的北半球城市，現提供它們的地理緯度及於 2018 年的預期地磁緯度給大家參考，大家可看到這些城市都是鄰近地磁緯度 66.5 度，亦即是極光地帶的通常中心區域。在極光較微弱的日子，例如 KP0 至 KP2，適宜選擇地磁緯度接近 66.5 度的城市，看到極光的機會較其他地區為高。

城市／地區	地理緯度（Geographic Latitude）	地磁緯度（Geomagnetic Latitude）
格陵蘭——努克（Nuuk）	北緯 64.17 度	北緯 72.57 度
冰島——雷克雅未克（Reykjavík）	北緯 64.13 度	北緯 68.74 度
加拿大——黃刀鎮（Yellowknife）	北緯 62.43 度	北緯 68.55 度
挪威——特羅姆瑟（Tromso）	北緯 69.66 度	北緯 67.24 度
極光地帶的通常中心區域		北緯 66.50 度
美國——費爾班克斯（Fairbanks）	北緯 64.83 度	北緯 65.52 度
瑞典——基律納（Kiruna）	北緯 67.85 度	北緯 65.38 度
俄羅斯——摩爾曼斯克（Murmansk）	北緯 68.97 度	北緯 64.58 度
丹麥自治外島——法羅群島（Faroe Islands）	北緯 62.00 度	北緯 64.30 度
芬蘭——羅瓦涅米（Rovaniemi）	北緯 66.50 度	北緯 63.31 度

注意：
(1) 北極圈及南極圈是指地理緯度在 66.5 度以上的地區；
(2) 極光地帶通常中心區域是指地磁緯度 66.5 度；
(3) 兩個數值剛巧也是 66.5 度，但它們一個是依據地理角度，而另一個是依據地磁角度，概念並不相同，大家不要混淆。

在此，讓筆者簡單地説明一下地理及地磁的分別：

（1）地球不停地在自轉，轉動軸心的首尾兩端被稱為地理北極及地理南極（即大家現在所稱的南北極）；

（2）地球內的液態金屬（主要是液態鐵）在不斷地流動，形成電流，而電流引致磁場，所以地球的磁場在不斷移動中；

（3）假設地球是一塊大磁石，我們會發現這塊地球大磁石的磁力南北極並不是與地理南北極在相同的位置上；

（4）根據 2017 年的測量，現在地球上的地磁北極是位於加拿大北方的埃爾斯米爾島（Ellesmere Island）上，它位處地理北緯 80.5 度，西經 72.8 度；而地磁南極是位處地理南緯 80.5 度，東經 107.2 度。

部份讀者可能會覺得地理及地磁兩個概念容易令人混淆，而因為差別一般只是約幾度之內（以緯度計），所以如果大家以地理緯度 60 至 75 度之間作為欣賞極光的粗略參考指標，一般來説，也已經足夠。

地球每天面對的太陽風暴強弱程度及時間都不一樣，所以極光每天在各地點出現的強弱及時間也不同，亦引致極光地帶的粗幼也在不斷改變。

在強烈極光出現時，極光地帶會向外擴張及變粗，更多的地方會覆蓋在極光地帶之下，而中心區域會移往緯度較低的地區（即是往赤道的方向偏移），換句話説，會低過緯度 66.5 度。但在地磁北極及地磁南極的上空，是看不到極光的，換句話説，隨着極光的增強，極光地帶主要是向低緯度擴張，而高緯度的擴張是受到局限。

在極光較微弱時，極光地帶會向中心區域收縮及變幼，較少的地方會覆蓋在極光地帶之下。

據美國國家海洋暨大氣總署的資料，在各個極光指數強度下，極光地帶的邊沿地磁緯度如下（即靠往赤道的較低緯度方向）。

極光指數	極光地帶的邊沿 地磁緯度（靠近赤道方向）
KP0	66.5
KP1	64.5
KP2	62.4
KP3	60.4
KP4	58.3
KP5	56.3
KP6	54.2
KP7	52.2
KP8	50.1
KP9	48.1

據筆者經驗，緯度低於極光地帶兩、三度的地方其實也可以看到極光，但要視乎當時光害及滿月的影響。而在這些地區，北極光不會在我們頭頂上的天空出現，我們需要往北方的天空望去。相反來說，如果我們身處地方的緯度高於極光地帶，我們觀賞北極光時，便需要往南方的天空望去了。

以下是極光地帶內的北半球國家及地區
（以 KP4 為參考基準）：

加拿大、美國（阿拉斯加）、俄羅斯、芬蘭、瑞典、挪威、丹
麥的關連地區（法羅群島及格陵蘭，但並不包括丹麥本土）及
冰島等。

右圖為 2015 年 12
月 20 日的北半球
極光地帶，當時的
極光指數為 KP5，
亦即當時是 G1 極
光風暴。

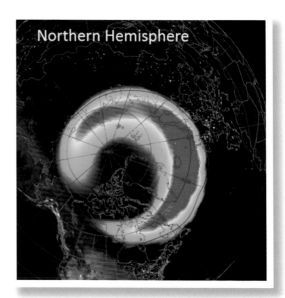

Northern Hemisphere

紅色代表極光地帶
內的強烈極光區
域，而綠色代表極
光地帶內較弱的極
光區域。

換句話說，並不是
盡量往北走，越靠
近北極，便可以看
到北極光。如果你

圖片來源：美國國家海洋暨大氣總署

身處較極光地帶更北的地方，你有可能看不到北極光。所以如
果你身處北極，但是看不到北極光，你千萬不要覺得奇怪啊！
因為北極通常並不是在極光地帶之內呢！

此外，大家從圖中也可以看到，如果將在極光地帶的邊陲位置
與中心區域所出現的極光強度作比較，中心區域的極光明顯會
比較強烈。

以下是極光地帶內的南半球國家及地區
（以 KP4 為參考基準）：

澳洲、新西蘭及南極洲等。

右圖為 2015 年 12 月
20 日相同時間的南半
球極光地帶，當時的極
光指數為 KP5，亦即當
時是 G1 極光風暴。

紅色代表極光地帶內的
強烈極光區域，而綠
色代表代表極光地帶內
較弱的極光區域。

大家可能留意到，雖然
說極光地帶是橢圓形地
帶，但是它經常也出現
一個缺口，這個缺口到
底是甚麼呢？

圖片來源：美國國家海洋暨大氣總署

（1）其實該缺口位於地球正面對着太陽的方向，這處的地球
磁層（Magnetosphere）很薄（約 6 萬公里），來自這方
向的帶電粒子速度較慢，較難引致極光出現，所以這處
的極光相對較微弱；

（2）而背向太陽的地球磁層很厚（約 60 萬公里），這裏的厚
磁層能將部份帶電粒子捕獲並不斷加速及撞擊大氣層中
的氣體粒子，從而引致極光出現。

（3）而在地球大多數地區，在白天時段，極光其實也會在天
空中出現，只是因為白天的關係，較強烈的陽光掩蓋了
相對較弱的極光，令大家以為極光只會在晚上出現。

那麼在每天的哪一個時刻，極光會是最強烈的呢？參第 131 頁
「最強極光時刻」。

看極光其他條件

第二條件——避開光害

上文說到看極光的首要條件是地點,而第二個條件還不是極光指數,而是要設法避開光害。除非當天極光指數極高,否則光害(包括月圓)對極光的欣賞影響頗大。

如果你身在極光地帶內,但是處身於光害嚴重的大城市,城市的光害是會將極光掩蓋。

也因為光害的問題,有些國家(例如冰島)為了令人們可以更容易看到極光,會在極光指數強烈的日子,規定在晚上盡量關燈,令國民及遊客可一起沉醉於夢幻的極光之中。

為方便大家在規劃行程時能了解沿途的光害情況,筆者提供「光害地圖」給大家參考,大家可輸入右方的連結或以手機掃描右方的二維碼。

光害地圖
https://www.
lightpollutionmap.info/

第三條件——天清無雲

如前文提及,儘管極光指數很強,但如果天空為烏雲所遮閉,便仍然是甚麼極光也不可能看到。

季節

因此要避開所選目的地的雨季,大家千萬不要想當然地以為雨季必然像香港般在夏季出現,有些地區的雨季會是在秋天(例如:挪威),所以為了增加觀看到極光的機會,當地天氣的資料搜集是必須的。

在季後風的季節,天氣一般較不穩定,天清的時間亦較少。

內陸地區

內陸地區一般比較乾燥，下雨及下雪的機會較沿海的城市少得多，所以天空無雲的機會較大，如果想提高看到極光的機會，可以選擇內陸的城市。

第四條件——偏高的極光指數

前文提及觀看極光的最重要三個條件分別是選擇地點、避開光害、尋找天清無雲的時地。相信大家會留意到，針對這三個條件限制，我們可以透過選擇前往的時間及地點而提高我們可看到極光的機會。

而觀賞極光的最後一個條件，便是我們控制不了的「極光指數」。

根據筆者的經驗，在近乎完全沒有光害的地方，在 KP1 的情況下（甚至是 KP0），便已經可以看到極光，縱使只是淡淡的白色或綠色。

相機：A7RII，鏡頭：SAL16F28　83

春秋「易」極

據美國太空總署的資料顯示，春秋兩季中出現地球磁場干擾的
次數較夏冬兩季超出一倍，所以春秋兩季出現極光的頻率高過
夏冬，大家較容易看到極光。

全年最佳觀賞極光日子——春分及秋分（Equinox）

據美國太空總署觀察及 Equinoctial Hypothesis 學說指出，極光
最易於春分（約在 3 月 21 日前後）和秋分（約在 9 月 23 日前後）
兩個節氣前後出現，這是因為在這期間，日照的直射點在赤道
上（按：日間及晚間的時間相同），所以地球位置與連接地球
大氣層及太陽間的「磁索」（按：繩索形的磁場通道，由美國
太空總署的 THEMIS 計劃所發現）交錯得最厲害（以角度來
說）。但當然，如果太陽風沒有出現，極光也不會出現呢！

下圖中的並不是「磁索」，只是當天筆者看到一條扭紋狀的極
光不斷移動，快速地橫越天際而去。其實「磁索」是肉眼所不
能看見，根據美國太空總署曾觀察「磁索」的記錄，其直徑非
常巨大，與地球直徑相若。

攝於阿拉斯加
相機：A7SII，鏡頭：SAL1635Z + LA-EA4

極光忘形水

相心閱讀

極光在半空中漫舞，巔倒着萬物眾生，他們都毫無例外地成為她的追求者。

「水」為了能留住心中女神，執意地改變自己，將自己變成「冰」，誰知卻發現，「冰」能夠凝住的原來只有他自己，他變得固執，面目也模糊不清，失去了往昔的灑脱。

女神仍在留意着芸芸眾生，可是對「冰」卻沒有半分青睞。

攝影解說

極光倒影永遠也是一個極佳的攝影題材，但在冬天，湖面便會結冰，極光的倒影便沒有了，所以在冬天時，在攝影構圖上便會少了這種的題材。喜歡拍攝極光倒影的朋友，應該盡量避免於冬季往看極光啊。

地圖標示
https://goo.gl/maps/
r5B88aAqq1n

相機：A7SII，鏡頭：SAL1635Z + LA-EA4

極光在水中央

相心閱讀

「水」決定當回自己，慢慢地將自己由「冰」溶化成「水」。這時在半空中漫舞的女神瞥見「水」中出現了美妙的婆娑麗影，原來「水」像心有靈犀般正完美地回應着自己的舞姿。

漸漸地，人們常常看見女神與「水」在湖泊間嬉戲，儷影成雙。

攝影解説

（1）從附圖中，可以看到平靜的湖面（圖片中央位置）及冰面（圖片下方）兩者反射極光的能力，其差別確實頗大。在此強調，筆者並非表示冰面極光的構圖不佳，其實只要與相片中的景物配合，也能拍攝出極佳的冰面極光相片。而如果碰巧遇上湖面開始結冰，於冰面與水面分界處拍攝極光倒影的差別，題材亦更有特色；

（2）要留意，倒影需要在無風的情況下才可拍攝到。

相機：A7RII，鏡頭：SAL16F28 + LA-EA4　　87

極光月老

相心閱讀

這夜，月老趕上了極光女神，跟她娓娓而談某某的人品好處，說得滿滿的，沒有半分缺點，彷彿對方是一個完人。

女神淡然遠去，沒給繫上那根紅線，繼續往追尋她的幸福，因她深信，喜樂之外，幸福也會包含着哀怒，這樣才能成為真的圓滿。

攝影解說

（1）由於拍攝極光需要採用長時間曝光的方法，所以即使是新月的時候，拍出來的月亮看上去也會是滿月似的；

（2）極光會受月亮光度的影響，月亮越光，極光越不明顯，所以很多攝影師會趕在月出前或待月落之後，才能拍攝到較清晰的極光；

（3）月亮的光度會因月圓月缺而有所不同，拍攝前要留意。

相機：A7RII，鏡頭：SAL1635Z + LA-EA4

女神與仙子

相心閱讀

小時候，總聽説天上有一位彩虹仙子，她的性格文靜內向，每次出現時，都會一動不動地立於天上，而所穿着的衣服永遠是漂漂亮亮，循規蹈矩的由紅到紫，沒有半分的差池。

長大了才發現，原來夜空中，還住着一位極光女神，她的個性活潑好動，跟彩虹仙子可説是南轅北轍。她總是千嬌百媚地出現，踏着凌波微步，飄着輕紗羅裳，美得讓人迷醉。

何謂神祇？何謂仙子！單看稱謂，前人心中當早有答案。

攝影解説

(1) 縱使在日落的時候，天清無雲，但在一兩小時後，天空中經常便會出現大量雲霧妨礙拍攝，這是因為日落後，氣溫驟降，空氣中的水氣遇冷便凝聚成雲霧，這現象在香港也經常出現，外地也沒有例外。所以大家要分秒必爭，把握由日落後到雲霧出現前的拍攝時間；

(2) 如果身處的地方較乾燥或正在吹着乾燥的季候風，雲霧便較少機會出現，較方便拍攝；

(3) 要不斷留意地面霧氣對鏡頭的影響，以免拍到的影像模糊不清，情況輕微時，可使用鏡頭抹布。如果情況嚴重，便要停止拍攝，以免相機及鏡頭受潮。

極光周期
——太陽黑子活動周期
（Solar Cycle / Sunspot Cycle）

極光周期便是太陽黑子的活動周期，根據過去的統計，極光周期的長度不一，通常由 9 年至 14 年不等，而平均來說，一個周期平均會維持 11.2 年。我們現在是處身於第 24 個極光周期之中，今次的極光周期由 2008 年至 2019 年，而極光高峰期已於 2014 年出現，記錄到最高極光指數的日期是 2017 年 9 月 8日，極光指數高至 KP8.33。現在據科學家們的預期，下一個極光周期會由 2019 年至 2030 年止，高峰期內應在 2024 年至 2025 年之間出現。值得留意的是，每一個極光周期內的極光平均強度及活躍度是不一樣的，有高有低。而根據科學家的預期，在下一次的極光周期內，極光的強度及活躍度皆會大幅減弱，並不能與第 24 個周期相比。

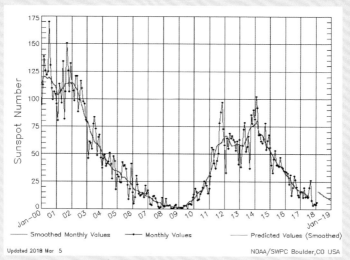

第 23 及 24 周期的太陽黑子數量，可看到太陽黑子活動正在減弱中。
圖片來源：美國國家海洋暨大氣總署

極光小冰河期
——太陽黑子活動小冰河期
（Solar Minimum）

從 1755 年起開始統計，現在地球正處於第 24 個太陽黑子活躍周期（Solar Cycle）。據現在科學家的初步估計，第 25 及第 26 個周期內的太陽黑子活動會較現周期（第 24 個周期）為弱，甚至少於一半，所以這段期間可稱為太陽黑子活動的沉寂期。相應地，極光也將會處於沉寂期，預期極光強度與出現次數會大幅下降。因為每一個周期約維持 11.2 年，所以預期在未來的 22 年裏，我們能看到的極光會較今次極光周期（即第 24 個周期，由 2008 年至 2019 年，2019 年是美國太空總署專家暫估）為少。

更悲觀的預期：已經有部份天文學家指出太陽活動自 2000 年開始，已進入了太陽黑子的小冰河時期，期內太陽黑子活動會持續減少，而這段期間會持續伸延至 2100 年。太陽黑子活動減少，自然可看到極光的機會相應地減少。言人人殊，但這些見解已引致坊間指出要盡快前往觀看極光，以免未來難以看到。

據科學研究發現，在過去 1,000 年，最低的太陽黑子活動期是 1645-1715，這段時期稱為 Maunder Minimum，以紀念一對天文學家夫婦 Annie Russell Maunder 及 E. Walter Maunder 對研究 17 世紀太陽活動的貢獻。在這段期間，太陽黑子活動大幅減少，極光的出現也大幅減少。

看到極光風暴的機會

筆者翻查官方最後的測量數據，在第 24 個太陽黑子活躍周期中（2008-2019），直至 2018 年 4 月 8 日，仍沒有出現 KP9（最高）的極光風暴。而上一個周期（第 23 個），KP9 極光風暴出現的次數達到 13 次，極光的強烈程度確實是下降了很多。

有一點值得注意，據統計，在過往的極光小冰河期內，地球溫度出現下降，所以部份科學家已開始擔心未來地球溫度是下降而不是上升，這與過去多年來，科學家認為地球溫度將會不斷上升（因為溫室氣體排放問題）的預期剛好相反。哪一個學說成立，筆者不是科學家，確實無力分辨，還是留待大家研究和思考，也留待時間來作出證明吧。

極光宮殿——裙下之臣

相心閱讀

仰望半空，眾人痴迷地奉上珍珠、紅寶，甚至堂皇宮殿，期望能留下心中的女神。

俯視大地，女神沒在意任何奇珍異寶，她尋覓的只是一個兩情相悅的意中人。女神翩然遠去，沒帶走半份珍寶，只留下恍恍惚惚、迷迷茫茫的裙下之臣。

地圖標示
https://goo.gl/maps/vM2hZ8neWpw

攝影解說

（1）珍珠樓位於冰島首都的市中心，加上珍珠樓在夜間燈火通明以營造金碧輝煌的感覺，所以光害問題頗為嚴重，因此曝光時間不能太長，否則珍珠樓的部份會過份曝光，只變成一團光影。幸好筆者當天遇上KP5，所以曝光的時間可以稍為縮短，令到珍珠樓的建築可細緻呈現，而在半空中的極光也同時清晰可見；

（2）可嘗試利用黑卡將強光的前景（珍珠樓）短暫遮蔽，以便相片中上方的極光可以用延長曝光時間的方法拍攝，而下方的前景又不會過份曝光。

攝於冰島珍珠樓（Perlan）
相機：A7RII，鏡頭：SAL16F28 + LA-EA4

極光消逝

相心閱讀

人們已習慣了低着頭，專注於手機屏幕，看着其所發放的刺眼藍光，似乎已忘卻了那在浩瀚夜空中的自然光線，不論是閃爍的點點星光，還是在那遙遠國度中，於空中飄渺的極地光芒。

現在，星光已漸漸地被煙塵所隔阻。科學家亦推論，地球將步入太陽黑子活動的沉寂期，極光將會漸少出現。

該是時候動身，離開那已被資訊化的屏幕，實實在在地去追尋那真實、壯麗的天際幻彩。難道你還在遲疑？只想繼續將自己困在細小的屏幕世界裏，去關注虛擬的極光美態？

相機：A7SII，鏡頭：SAL16F28 + LA-EA4

極光女神同行

相心閱讀

若問，為何還在原地這裏遊蕩？
他説，昨夜沒看見引路的星光；
又問，為何仍徘徊在這處期望？
他怨，今晚沒遇上皎潔的月光。
人喜歡每夜每朝在訴説着希望，
卻總嘆息前路黯淡得叫人迷茫，
其實目標便已是引領人的曙光，
但要邁步才能實現心中那願望。

這夜，女神説往後願伴着同行，
難道他又推説這是虛幻的迷光？

攝影解説

極光預報其實也是天氣預報的一種，當中牽涉的變數頗多，所以千萬不要假設極光預報會完全準確無誤，明顯地，大家也不能寄望極光能依預報的時間段，分秒不差地到達觀賞點吧。筆者建議在極光預期出現前的一小時便在觀景點等待，因為據筆者的經驗，一小時的偏差是常常會遇到的事情。有些時候極光會早一小時到達，有些時候卻會晚了一小時出現。所以看極光有時是非常考驗耐性的，試想像，你預早一小時到達，但極光卻遲了一小時才到來，結果你可能要空等兩小時呢！。

攝於挪威
相機：A7SII，鏡頭：SAL1635Z2 + LA-EA4

相機：A7SII

偏心極光

相心閱讀

人生有時非常奇怪，在相同的時間，身處相同的地點，兩個人所遇到的人和事卻可以完全不同，命運與機會是否關乎神祇的眷顧？

這夜，航機左方的乘客看不到極光女神的到來，因為她只在右方展現她的美妙舞姿。此刻，地上城鎮已化為她的舞台，萬家燈火亦已變作舞台上的燈光。她跳着輕靈的舞步，在台上飛躍飄盪。我靜靜地看着，心裏不禁暗想這首舞曲應是甚麼名字？女神立時以身影給了我一個微妙的答案──「偏心」。

> ### 攝影解說
>
> 如果乘搭適時的航班，在空中看到極光的機會確實比在地上大得多，因為沒有了雲層的阻隔，自然事半功倍。筆者在來回旅程中，也喜歡選乘在晚間飛越極光地帶的航班，確保「飛機極光」會成為旅程的頭盤或餐後美點，這安排會令到極光旅程來得更為完美。

極光地圖

歐洲及亞洲

坊間有很多不同的傳聞，指出在哪個城市可以看到極光，哪個城市又不可以，看過部份資訊，有些其實頗令人失笑。當然如果再次發生「卡靈頓事件」（參第 40 頁），北緯低至羅馬的城市是也可以看得到極光的，但這種百年一遇的事情，相信也不能使大家稱羅馬為經常能看到極光的城市吧？這裏以地圖顯示，讓大家可對不同極光指數下可看到極光的全球城市一目了然。

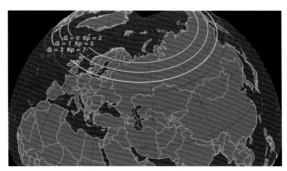

極光地圖——北半球（歐洲及亞洲）
圖片來源：美國國家海洋暨大氣總署

北美洲

從下圖可看到在北美洲看極光的最佳地方是加拿大、美國的阿拉斯加及丹麥屬土格陵蘭的南部地區。

極光地圖——北半球（北美洲）
圖片來源：美國國家海洋暨大氣總署

大洋洲

從下圖可看到澳洲的塔斯曼尼亞及新西蘭南島的南部是觀賞南極光的較佳地方。

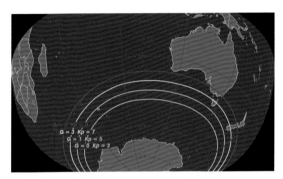

極光地圖——南半球（大洋洲）
圖片來源：美國國家海洋暨大氣總署

南美洲

從下圖可看到南美洲的地方只有在極光指數超高的時候才可以看到極光，一般的時日裏，看到極光的機會實在很低。

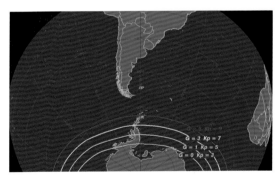

極光地圖——南半球（南美洲）
圖片來源：美國國家海洋暨大氣總署

極光敬禮

相心閱讀

我要以雪地上的高射炮作為禮炮，向我的永遠偶像米高積遜致敬。他的歌曲，曾伴着我度過無數無眠的晚上，歲月如梭，但有些事情、有些人物是一生也沒法忘記的。

攝影解說

很多攝影者對每件攝影工具的弱點可以如數家珍，瞭如指掌，所以當拍攝時便盡量避開這些弱點。但其實可利用這些弱點去作出特別的構圖，將弱點化為優點。如圖中筆者模仿已故歌星米高積遜的前傾動作，便是利用廣角鏡的變形效果，令到垂直企立的筆者像向前傾斜一般。

相機：A7SII，鏡頭：SAL1635Z2 + LA-EA4

極光二戰紀念碑

相心閱讀

當年，這裏彈如雨下，烽火遍地，濃煙閉天，日與夜已沒能分得清。今夜，極光幻化成暴雨狂灑而下，像要為戰爭中捨身的亡靈哭泣。我站在這大戰紀念碑前，衷心希望戰爭不再發生，願逝者安息，亦祝願世界和平。

極光解説

根據記錄，過去曾經出現過兩次粉藍色極光，而俄羅斯在事前皆進行了導彈試射，科學家相信當時天空中的空氣殘留着不明化學物質，從而激發出不應在自然界出現的粉藍色極光。

地圖標示
https://goo.gl/maps/
JsNnpM6FUDB2

攝於俄羅斯摩爾曼斯克
相機：A7SII，鏡頭：SAL1635Z2 + LA-EA4

攝影解說

要將極光拍出質感，便必須依據極光的強度來調節曝光的時間，如果一成不變地硬性固定曝光的時間，只會白白浪費機會，出來的效果永遠也只是一團綠綠紅紅的朦朧光影。相對較短時間的曝光可能會給你更大的驚喜呢！

拍攝極光不是說只要拍出顏色便算成功，極光雖然在空中飄渺不定，但結果便在於那數秒至十數秒間取捨而產生出來的質感。

筆者曾經在 KP7 的情況下，需要將曝光時間劇減至兩秒，才能捕捉到極光的質感。所以極光在變，拍攝者也要作出相應改變。

攝於加拿大黃刀鎮
相機：A7RII

極光戰機

攝於俄羅斯摩爾曼斯克
相機：A7RII，鏡頭：SAL16F28 + LA-EA4

相心閱讀

這架戰機曾經叱咤長空，但現在已經退役，並變成展品，安放於軍事博物館內。在戰爭的時候，它兩翼之下滿是飛彈武器，像是大塊頭手臂上的二頭肌，展示着自身的力量。現在的它，二頭肌沒有了，身形纖巧了，但卻變得帥氣多了。只因我已發現，戰機的最佳用途其實是配襯天上的壯麗銀河、閃爍繁星及夢幻極光。

衷心希望所有戰機也不需要再次升空，永遠只作為紀念之用。

攝影解說

在拍攝這相片時，受到頗大的限制，因為筆者背後便是重工業密集的城市，其中的船塢更是 24 小時運作，所以光害確實頗嚴重，也因此只能以這個角度對戰鬥機進行拍攝，如果可以其他角度來拍攝及作構圖，根據展場的擺設，相信相片的故事性會更佳。

地圖標示
https://goo.gl/maps/
B8SvY4gYhHS2

極光旋風

攝於俄羅斯摩爾曼斯克
相機：A7SII，鏡頭：SAL1635Z2 + LA-EA4

相心閱讀

極光像暴雨般過去後，又以旋
風的形式出現，它不斷地繞着
戰爭紀念碑盤旋打轉，然後衝
往遠方的天際。難道極光女神
聽到了世人的和平祝禱，正將
這些心願傳遞到世界各地？

攝影解說

筆者採用了魚眼鏡去增強極光的弧
度，令極光在形態上更似一股旋
風。當然拍攝極光並不是一定要使
用廣角鏡，因為鏡頭的選擇主要取
決於構圖及相片的故事性。

極光如煙

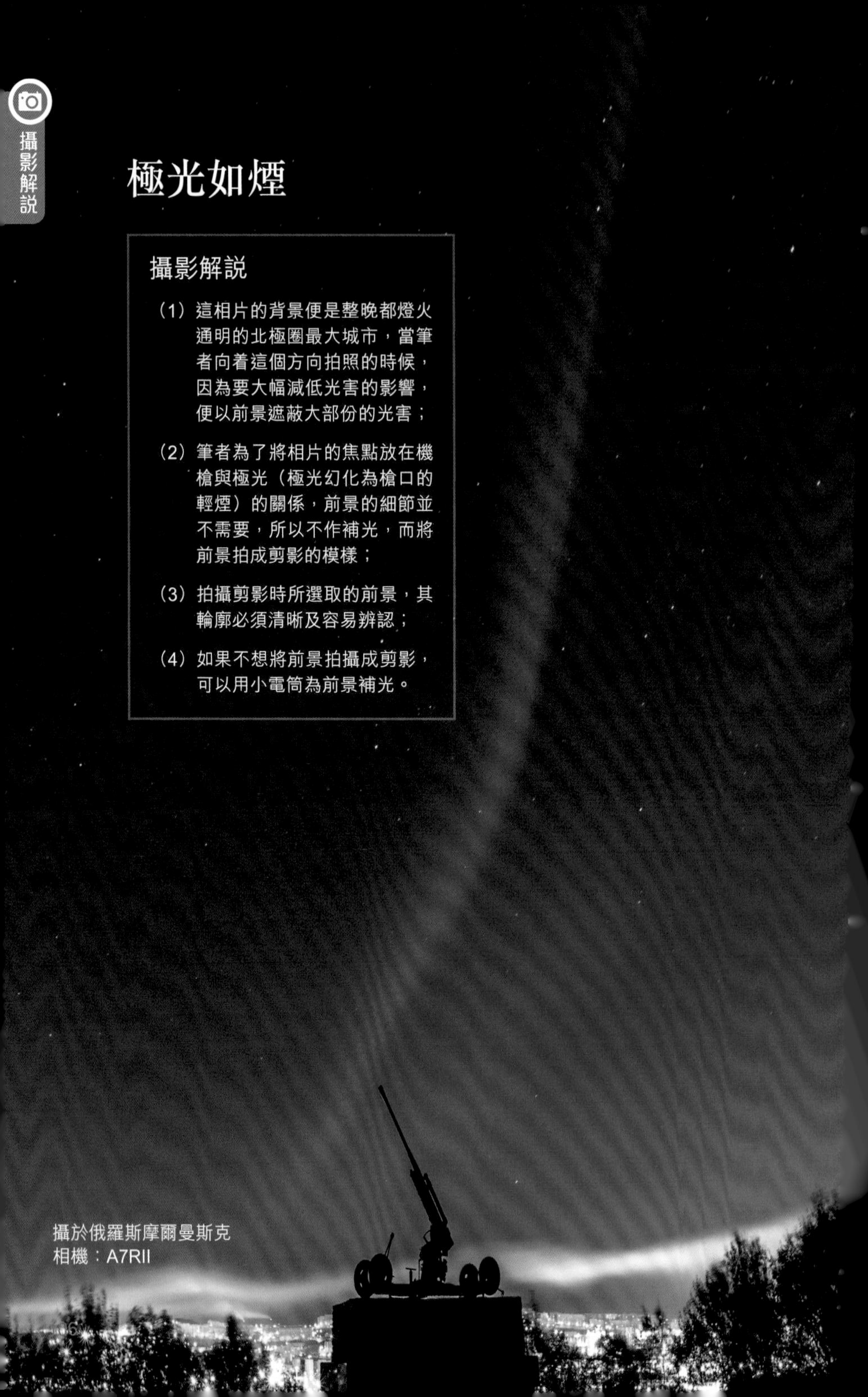

攝影解説

（1）這相片的背景便是整晚都燈火
　　通明的北極圈最大城市，當筆
　　者向着這個方向拍照的時候，
　　因為要大幅減低光害的影響，
　　便以前景遮蔽大部份的光害；

（2）筆者為了將相片的焦點放在機
　　槍與極光（極光幻化為槍口的
　　輕煙）的關係，前景的細節並
　　不需要，所以不作補光，而將
　　前景拍成剪影的模樣；

（3）拍攝剪影時所選取的前景，其
　　輪廓必須清晰及容易辨認；

（4）如果不想將前景拍攝成剪影，
　　可以用小電筒為前景補光。

攝於俄羅斯摩爾曼斯克
相機：A7RII

相心閱讀

今天，槍口上沒有了陣陣輕煙，也沒有了刺鼻的硫磺氣味，機槍已然退役，沙場上的點點滴滴，人們也逐漸淡忘。

這夜，極光像輕煙一縷，剛巧碰到了機槍，看到此情此景，種種回憶又再次被勾起。

水珠沿槍枝緩緩滴下，這是夜半的露水？還是人們的淚水？人們正唏噓着段段往事，憶起箇中的傷痛悲悽。

非常極光

極光的另一來源——日冕洞極光

太陽黑子並不是帶電粒子的惟一來源，所以在沒有太陽黑子及日冕的情況下也可能會有極光。

在 2017 年 10 月 11 日，向着地球的太陽表面完完全全沒有太陽黑子，理論上代表太陽磁場活動較不活躍，其後極光應該不會在地球出現。但事實上，在那天，大量的帶電粒子從太陽表面的一個磁場裂縫——日冕洞（Coronal Hole）中掙脫太陽的束縛而湧出來，形成強烈的太陽風（Solar Wind），當這些帶電粒子隨着太陽風在 12 日及 13 日到達地球的時候，便引發了達到 KP7 的強烈極光風暴。

因為日冕洞可以持續出現數個月，所以它所引發的極光較易為科學家所預測。

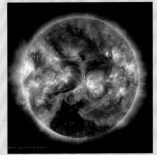

讓我們簡單將它們區分，由太陽黑子活動引發的極光（較常看到）便稱作「太陽黑子極光」，而由日冕洞引發的極光便稱作「日冕洞極光」吧。

2015 年 1 月 29 日的太陽磁場裂縫——日冕洞（底部藍色部份）
圖片來源：美國太空總署

纏綣星光下

相心閱讀

今夜的極光像一對戀人般出現，他倆肩並着肩，黃昏時分已靜靜地等待黑夜的來臨。入夜後，他倆手挽着手，漫步於漆黑的夜空，細數着天上的星辰。

漸漸地，他倆面貼着面，男的跟女的細語着甜言，女的向男的回應着蜜語，在他倆的天地裏，此刻已沒有其他的音韻，對他倆來説，萬籟俱寂原來別有一重意義。

無盡的情話始終也有完結的一刻，因為此時，他倆正唇接着唇，心印着心。

攝影解説

如果環境及角度配合，在拍攝極光時，也可同時將浩瀚的星空放入構圖之內。但因為星星與極光的光亮度並不一致，過長的曝光時間可能會將星星隱沒，所以要依據極光的光亮度作適當的調節。

攝於俄羅斯摩爾曼斯克
相機：A7RII，鏡頭：SAL16F28 + LA-EA4

極光天籟

極光原來有聲響

彩虹是純粹的光學現象，透過折射將陽光幻化為七色光線，但如前文所說，極光不是單純的光學現象，而是地球磁場現象。

在 2012 年以前，大部份科學家認為由於極光發生於極高空，在該高度下，空氣極為稀薄，所以極光應該是無聲的。但在這年，芬蘭的科學家在70 公尺的高度，錄得了極光的聲音，並且在國際科學論壇上發表了這新發現，確認極光是有聲音的。這發現顛覆了過往的極光理論，但其成因仍然未有定論。

筆者翻閱了中國史籍《晉書 • 帝紀》，原文曰：「太安二年十一月……壬寅夜，赤氣竟天，隱隱有聲。」這古籍清晰地記載了在公元 303 年 12 月出現了北極光，而且是有聲音的。

筆者亦有幸在挪威聽過極光的聲音，當時極光指數頗高，達到 KP5，周圍也完全沒有任何環境聲音，而我也剛好在小山坡之上，這才能有緣聽到。極光的聲音有點像用低溫油炸油條（按：廣東話稱油炸鬼）時發出的聲響。當然，我並沒有嗅到油條的氣味呢。（一笑）

地圖標示
https://goo.gl/maps/
sHVNJSUa7w52

讀者可依地圖標示，在極光極強烈時，到此碰碰運氣，聽聽極光。

根據筆者的經驗，聽到極光聲音所需要的條件：
　（1）寧靜的環境；
　（2）無風——沒有了風聲的影響；
　（3）寒冷——動物及昆蟲活動較少，也較少發出聲響；
　（4）高企的極光指數（達至 KP5 或以上）。

拍攝這相片時，筆者聽到了極光的聲音。攝於挪威。
相機：A7SII，鏡頭：SAL1635Z + LA-EA4

夜半輕私語

相心閱讀

風雪過後，極光乍現夜空，湖上
的浮冰被極光映照得晶瑩碧綠，
有如一塊塊亮麗剔透的翡翠散佈
於湖面之上。

這時，極光略斂光芒，讓繁星跟
翡翠碰面。寶石般的繁星在天上
熠熠生輝，而翡翠則在湖上回應
着粼粼瑩光。他倆本是天各一
方，更有着天壤之別，但卻又像
在互通款曲，細説着綿綿情話。

攝影解説

湖面並不是完全平靜，其對光
線的反射能力也決不能與鏡子
相比，所以千萬不要期望所拍
攝的倒影能完美反映出天上的
星宿。部份拍攝者喜歡以修圖
軟件做出完美的倒影，筆者較
喜歡保留拍攝原件中的倒影，
畢竟這刻的缺憾美是反映當時
的真實情況。

 地圖標示

https://goo.gl/maps/
YpBERWQ6tET2

攝於冰島

極光突發小型風暴

亞暴（Auroral Substorm）

極光突發小型風暴（學名「亞暴」，Auroral Substorm）的成因複雜，在此只略作解說。

50 多年前，在 1960 及 1963 年已分別有一位俄羅斯學者及一位日本學者留意到這現象。普遍的見解指出這應該是地球磁層（Magnetosphere）內的能量釋放過程，至於能量如何及在何時積聚和釋放，過去科學家們不斷為此作出爭論。但美國太空總署 THEMIS 計劃發佈觀察結果，已確認這個自然現象是面向太陽的地球磁場被太陽風干擾而斷開，再在背向太陽的地方重新連接在一起（Magnetic reconnection）。而在重新連接時，能量出現大規模轉化及釋放，從而大幅加強極光的強度和動態，極光地帶也因而擴闊。

每次極光突發小型風暴平均會維持約 30 至 90 分鐘，而每年平均會出現超過 1,500 次（但卻不是每晚也會出現），大家跟它有緣遇上的機會真是頗多呢！

所以在預期偏低的極光指數下（如 KP0 或 KP1），你也可能看到亮麗的極光，不需驚訝，不要奇怪，因為你遇到了極光突發小型風暴爆發呢！

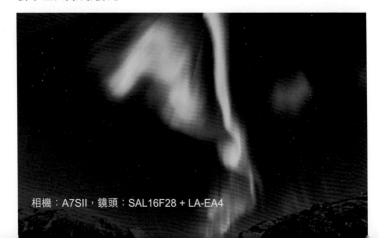

相機：A7SII，鏡頭：SAL16F28 + LA-EA4

極光華爾滋

相心閱讀

極光在天空中翩翩起舞，而它的另一半也同時在水面上曼妙回應，相互的舞步配合得天衣無縫，像極了一對戀人在深情地跳着華爾滋。

我想，我愛上了這對戀人的舞姿，我愛上了極光華爾滋。

攝影解説

拍攝時，建議將相片儲存格式設定為 RAW 檔及 JPG 檔，因為 RAW 檔可以將相片的資訊完整地保留下來，這樣便可以其後於電腦上調整相片的特性，例如亮度、對比度、白平衡、飽和度……等。

地圖標示
https://goo.gl/
maps/2hxkenVjYaM2

攝於羅浮敦群島豪克蘭海灘 （Haukland Beach, Lofoten Islands）
相機：A7R

被誤認作「極光」之自然現象

大氣輝光（Airglow / Nightglow）

很多初看極光的人當在遠方的地平線上，看到一片暗綠的微光，這些便應該是極光了，但其實那並不是極光，而是稱作「大氣輝光」的自然現象。筆者當初學習極光攝影的時候，也曾將「大氣輝光」誤當作極光，因為它們看起來與低極光指數下的極光頗為相似。

在半世紀前，「大氣輝光」曾被稱為「永恆的極光」或「極外之光」，但其實它的成因與極光並不相同，所以它並不是極光。

在白天，太陽紫外光的能量將大氣層外圍的氧氣、氮氣及其他分子離子化，在晚間當它們重新結合為分子的時候，多餘的能量會以光的形式發放出來，而當中大部份的光是暗暗的綠色，這些光線便是「大氣輝光」。「大氣輝光」也有其他成因，在此不作詳述。

與極光不同，全球各緯度也可以看到「大氣輝光」，而極光只能在較高緯度的地方才可以看到。

「大氣輝光」會對在地球上使用大型天文望遠鏡觀察太空產生影響，因為它的出現，會干擾了觀察可視光譜（Visible Wavelength）內的光線，減低了望遠鏡對可視光譜內光線的敏感度，這亦是其中一個為何我們仍要依賴哈勃望遠鏡去觀察太空的原因。

攝於新西蘭的最東位置

117

攝於加拿大黃刀鎮。相機：A7RII

極光玫瑰

相心閱讀

鄰居的小女孩穿上了純白的短裙，靜靜地安坐於家中後園之內，舉止文靜溫雅，遠遠看去，像極了一朵惹人憐愛的小花，正步入她含苞待放的年華。

這夜，淡淡的白光緩緩地結集，隱約地凝聚成一個純潔的蓓蕾。轉眼間，淡白變得翠綠明亮，玫瑰的花蕾越覺明顯，眾人靜氣屏息，期待着她綻放的一刻。

層層的花瓣漸漸地張開，像解開了的段段少女心事，動人的美態隨之活現眼前。

今夜，玫瑰盛放，開始流芳。

攝影解說

任何事情也是相對的，本書第 82 頁「看極光其他條件」曾提及要避開光害，但如果當晚的極光指數較強的話，來自建築物的光害反而可成為構圖的一部份，因為在較短的曝光時間下，光害下的建築物及極光也能同時拍攝得到，這樣的構圖可更多變化。換句話說，初學者拍攝時以避開光害較佳，其後經驗增加，便可將光害加入成為構圖的一部份。

極光追蹤

在中學及大學時代開始，因為在加拿大生活，所以很早已接觸極光，當每次在晚上看到極光的時候，都會有一份莫名的喜悅。近年開始了拍攝極光的旅程，在初次拍攝極光的時候，因為不太懂得極光的特性，所以往往要駕駛數十公里，甚至達到一百公里追尋極光的蹤跡，想起也覺得甚為瘋狂。當時追蹤極光的經歷，令我獲得「2014 全球華人百大旅行家第 4 名」的殊榮。

冰島氣象局雲圖
http://en.vedur.is/weather/forecasts/cloudcover/

追蹤極光其實並不簡單，當中最重要的是駕駛安全：

(1) 人生路不熟，道路狀況也會隨着天氣變化而有所改動，所以不要只留意極光可能出現的地方，必須要小心駕駛；

(2) 外地夜間的道路照明一般都較香港的暗多；

(3) 晚間是部份野生動物出沒的時間，小則野兔，大則麋鹿等可能跑到行車路上來；

(4) 不要將車停在路旁、灘岸、崖邊，必須要停在汽車停泊處。舉一個例子，你可能是在安全的情況下將車停泊路旁，但其後來到的駕駛者並不會預計路旁有車輛停泊，如果來不及煞車，意外便會發生；

(5) 不要闖入私人地方。

欲尋找極光可能出現的位置，一般皆依靠當地天文台網站所提供的預測及實時雲圖作參考，例如往冰島旅遊，建議查看當地氣象局的網站（ http://en.vedur.is/weather/forecasts/cloudcover/），以便查看雲圖及其他天氣資訊，相關二維碼如上圖。

筆者現在已較少追蹤極光，通常晚間也只會在預定地點的十公里範圍內駕駛和觀賞，因為在世界各地不同時段觀看極光，已獲得了不少寶貴的經驗，對極光的特性已頗為了解。筆者現在所追求的是極光形態、眼前景物與心中感覺三方面的相互融合，這三類皆為筆者的相片素材，而素材可一、可二、可三，因時制宜，不會受事前主觀願望所限制。

君臨天下

相心閱讀

夜空中星羅棋佈，星星們各自施展渾身解數，發出紅黃橙藍的色彩，較勁爭輝。誰知磅礡無匹的幻彩頃刻間如君臨天下，紫紅綠白，鋪天蓋地。

此時此地，星星連充當配角的機會也沒有，沒可奈何。

攝影解説

攝影是耐性的考驗，如果當晚預報的極光指數較低，也不要氣餒，要有耐心，因為你也可能會遇上極光突發小型風暴（Substorm），而預報的極光指數難以預計這種小型風暴的出現。極光突發小型風暴出現的時間頗短，甚至預報還來不及修正的時候，小型風暴便已完結。所以在極光地帶內，在天清的時候不時往夜空望去，可能會看到令你意想不到的驚喜呢！

攝於挪威
相機：A7SII，鏡頭：SAL16F28 + LA-EA4

極光的縮時攝影及影片攝影

極光的縮時攝影

除了拍攝極光相片，其實也可以作極光的縮時短片。縮時攝影的概念是將動態較慢的景物，以相約的時間差距逐幅相片拍攝，然後將這些相片合併為一齣短片，以便以較快的速度來表達景物的動態。

（1）大家所看到的影片一般是以每秒 24 幅相片的速度製作，所以如果每幅相片以 20 秒間距進行拍攝，我們便需要拍攝 8 分鐘才能製成 1 秒的縮時片段。推而廣之，10 秒的縮時片段需要 80 分鐘的拍攝時間；

（2）將相機設定到手動對焦模式（M mode），然後調校曝光時間、光圈及白平衡；

（3）如果縮時片段的主體是極光，便先要將對焦點調校至無限遠（調校方法參第 60 頁「極光海豚」）；

（4）很多朋友喜歡將相機調校至自動間距拍攝模式，以便相機自動拍攝，便不需要每次按相機的拍攝鍵，但這種方法其實並不理想。在長時間的拍攝時間中，極光的強度差異可以很大，以相同的曝光時間進行拍攝，部份時段所拍攝的相片會出現過份曝光的情況；

（5）拍攝完成後，將拍攝到的相片以電腦軟件，合併為縮時短片。

極光的影片攝影

因為採光的需要，所以要選用大光圈鏡頭拍攝，建議使用 F2.8 或更大的光圈鏡頭，同時要採用感光能力強的相機，這樣才能拍到清晰的極光影片。

大家可以掃描以下二維碼，以便觀看筆者在加拿大黃刀鎮所拍攝的縮時短片。

黃刀鎮的極光縮時攝影示範
https://www.facebook.com/linawong2017/
videos/1913251915371065/

相機：A7SII，鏡頭：SAL16F28 + LA-EA4

極光滿月

攝影解說

很多人説在滿月的情況下，是看不到極光的。若你問我這個問題，我會説，這説法有時是對？但有些時候，也可以説是不對的。

為何在滿月的時候看不到極光？

（1）極光指數極低；

（2）月亮太光掩蓋了極光。

為何在滿月的時候可看到極光？

（1）極光指數很高；

（2）懂得避重就輕，在月亮初升的時候觀看和拍攝；

（3）懂得避重就輕，在月亮接近落下的時候觀看和拍攝；

（4）懂得避重就輕，向着月亮的反方向觀看和拍攝。

在滿月的情況下，筆者會利用光線明亮這特點，盡量拍攝出細緻的前景，再配以極光，形成平常難以實現的構圖。所以遇到滿月不要怕，要調整自己的心態，就地取材，利用滿月的優點，拍攝出難能可貴的作品。當然如上所説，極光要在極光指數較強烈時才能在滿月的情況下顯現啊！

極光浪潮

攝影解說

如果在天氣寒冷的戶外拍攝，然後回到暖和的室內，這時候，低溫的相機和鏡頭便會突然遇着室內溫暖空氣中的水份，水份遇冷便會凝結成細小的水珠，即「受潮」（俗語説的「起霧」或「霧化」）。以下是筆者慣常所採取方法，大家可以參考：

（1）在戶外的時候，先將儲電池及記憶卡拿走，然後將相機及鏡頭放在密實袋內，接着才將相機放回相機袋內；

（2）回到戶內，不會將相機及鏡頭放近暖爐，以免短時間內溫差太大而受潮；

（3）筆者在戶內完全不會將相機及鏡頭拿出來，杜絕它們受潮的機會；

盡量不要在戶外更換鏡頭，以免大風將沙塵及細雪吹入相機內，大家也可在車門關上的情況下，在車內更換鏡頭，但車內環境必須是整潔的。

相機：A7SII，鏡頭：SAL1635Z + LA-EA4

南極光與北極光之分別

由於地理位置的問題，北歐及北美很多國家都位處於極光地帶之內，但在南半球內，處於極光地帶內的國家卻寥寥可數，而且它們更是位處於極光地帶的邊陲位置。所以一般來說，大家只能眺望南極光（除非你身處南極洲或正在附近的海域），有些時候，甚至南極光出現了，但大家也沒留意到。因為距離這麼遠的關係，通常需要在極光指數達至 KP5 或以上的時候，才有機會看到南極光。相反來說，若選擇的地點適當的話，極光指數在 KP1 的時候，我們已能看到北極光了。

以震撼性來說，北極光當然比南極光優勝，因為大家看到北極光像鋪天蓋地般灑下來的機會實在多的是。但由於角度的關係，南極光卻又可幻變出多層次的色彩，這方面，北極光又有所不及。我非常鍾情南極光那種含蓄的美態，而且拍攝的難度相對較高，總覺得那對自己是一種挑戰，而完成拍攝後的成功感也來得更強烈。

換句話說，北極光及南極光實在各具特色，難分高下，大家千萬不要只去看北極光，而錯過亦同樣精彩的南極光呢！

過去天文學家曾懷疑北極光與南極光的形態應該像鏡子影像一般，換句話說，在北半球某處出現了北極光，在南半球的另一處，有一個形狀相同的南極光會同時出現。但在近年，透過分析人造衛星所拍攝到的影像作出比對，這論說已被否定。畢竟，從前的天文學家忽略了兩個因素：(1) 北半球的磁場與南半球的磁場並不是對方的完美對稱；及 (2) 南半球與北半球的磁場也受到太陽風不同角度的影響。

相機：A7RII，鏡頭：SAL1635Z2 + LA-EA4

北極光女神之孿生妹妹
——南極光女神

相心閱讀

總覺得，女神的舞步能帶動眾人的情緒起伏。當北極光女神施展她的靈動舞步時，她的每一次跳躍，每一圈的旋轉皆令人雀躍萬分；而與此同時，她的孿生妹妹南極光女神卻在地球的另一面，跳着從容不迫的慢舞，看着她，你卻會感受到迥然不同、漫不經心的氣氛。

面對活潑的北極光女神與文靜的南極光女神，你較喜歡哪一位呢？

攝影解説

（1）地理位置所限，一般人只能遙看南極光，所以可看到的變化，南極光會較北極緩慢得多。因此在拍攝時，並不需要不斷調校相機的設定；

（2）因為遙看南極光的關係（觀賞者通常是身處極光地帶之外），所以是觀看南極光的側面，在這角度下，較容易看到不同高度的極光。而近看北極光時（觀賞者通常是身處極光地帶以內），北極光很可能在我們頭上的天空出現，舉頭上望，低層的極光便可能會蓋過高層的極光（視乎極光強度而定），甚或綠色極光蓋過其他顏色的極光（因為人類的眼睛對綠色特別敏銳）；

（3）不同高度的極光會有不同顏色（參前文第 46 頁「極光顏色」），所以看到南極光的色彩一般較北極光來得豐富。這不是南極光與北極光有所不同，而是觀看者的觀看角度有所不同。

極光漩渦
──星流跡南極光

攝於澳洲
相機：A7SII，鏡頭：SAL16F28 + LA-EA4

相心閱讀

塵世間的事情紛紛擾擾，人們對之總有兩種看法。有人說要跟着事情的進展，緊貼着中心，你才會看得清，望得真；又有人說要與它保持距離，因為它是漩渦，離它越遠越好，明哲保身為上！

其實人們大多沒有作出選擇，只是有些時候給事情捲了進去，有些時候，又給它沖了出來，半點不由人。

常聽說「歲月如洪流」，但總感到這只是局外人的角度，如若身在局中，當會發現歲月原來更像是一個接着一個的漩渦，當完了一個，接着又會遇上另一個。

攝影解說

(1) 往夜空看去，會看到星星在天上緩慢地移動（在北半球是繞着北極星移動），但其實並不是星星在移動，正確來說，是我們的地球在自轉，從而引致我們以為星星在移動的錯覺；

(2) 如果我們以長曝光的拍攝方法不斷地將星星的移動拍攝下來，然後將這些相片合併起來，便能看到星星的移動軌跡──這便是「星流跡」，所以請留意「星流跡」是合成相片；

(3) 在澳洲及新西蘭南部這些光害極少的地方，用很短的時間，便能拍攝到綿綿密密的星流跡；

(4) 遠看南極光，因為其光線並不會太強烈及波動，所以較容易將它與星流跡一起拍攝下來。

南極光與銀河之華麗邂逅

相心閱讀

寂靜的夜空滲透着微微的涼意總是特別容易惹人愁思，極光女神在遠方的水平線上，默默地躺臥着，孤單地思索着自己的過去與未來，她的出現讓這漆黑的晚空添上了一抹迷人的神彩。

這時，銀河女王翩然而至，她可沒想過與女神爭妍鬥麗，互賽高低，只是緩緩地移近女神身旁，像是想為這摰友添上一襲寒衣，理順一下思緒，從而抹去其內心中的那片空虛。

攝影解説

（1）拍攝南極光需要較長的曝光時間，這與拍攝銀河的要求相同；

（2）而通常拍攝南極光時，因為距離較遠的關係，南極光較北極光會微弱得多，所以需要調高 ISO 值；

（3）南極光微弱時，我們可能只看到淡白色，而以後期處理才能將極光的其他顏色分離出來。

地圖標示
https://goo.gl/maps/
iSNXvTJrNj72

相機：A7SII，鏡頭：SAL16F28 + LA-EA4

極光不是繞着地球轉

每當大家以極光預報手機程式來查看實時的「極光地帶」時,會發現每一刻所顯示的「極光地帶」跟數分鐘前的會有所分別,「極光地帶」像是由東向西不斷地移動似的,因此大家可能便會得出一個推論:極光是由東向西移動。

其實這個推論並不正確,實際上,天上的極光並沒有自東向西移動,而真正移動的卻是在你的腳下。

沒錯!其實因為地球在自轉,令人誤會「極光地帶」正在移動,情況類似日出日落一般,太陽其實並沒有移動,只是地球在自轉,所以出現了日出日落,而從前的人卻誤以為太陽是從東向西移動吧了。

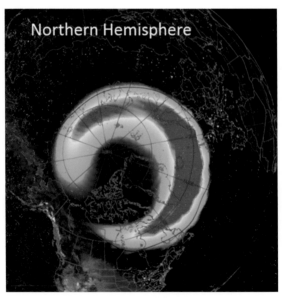

圖片來源:美國國家海洋暨大氣總署

最強極光時刻

在地球上的每一刻，不同的地方當然會看到不同強度的極光。那麼在同一地方，那個時刻的極光通常會是最強烈的呢？

撇除其他因素的影響（例如地球磁場與太陽風不斷地相互影響變化、遇上極光突發小型風暴……等），簡單來說，極光最強烈的區域應發生在正背向太陽的位置，換言之，大約是午夜時分。但因為地球磁場軸心傾斜（相對於地理軸心而言，相差約 10 度），所以需要略作調整，而最強極光時刻通常會在午夜前的兩小時內出現，換句話說，是晚上 10 時至午夜 12 時，視乎所處身的地區而定。

極光絲帶

極光解説

筆者很喜歡這張相片，因為這張相片在同時表達了極光出現的三個場景，真的非常難得。

極光於初來之時，會以弧狀出現，其後變成帶狀（圖中是絲帶狀極光，帶狀極光中的一種），然後平靜地以片狀的形式散開。

萬物皆有其生命周期，歷經開始、成長及結束，凡事皆沒有例外，極光亦然。

若能將最新類型極光 STEVE 也一起拍攝下來，當會更為完美，但這情況應該不可能出現呢（參第 56 頁「史提夫極光」）！

　　相機：A7SII，鏡頭：SAL16F28 + LA-EA4

攝影解説

如果身處的地方較潮濕，空氣中的水份便
會慢慢地凝結在鏡頭上，鏡頭自然會出現
霧化的現象，如果不將鏡頭上的小水點處
理掉，這時所拍到的相片便會變得模糊不
清。所以大家要經常留意鏡頭的情況，如
果發現有水珠、水點出現，便用鏡頭抹布
輕輕地抹掉。

我和銀河有個約會

相心閱讀

浩瀚的夜空掛着無數的小星星，它們發出了閃閃亮光，於星光的一個密集處，凝聚了一條密集星河，人們稱它為「銀河」，外國人稱它為Milkyway，我卻喜歡開開玩笑，所以我常常叫它「苗僑偉」（按：粵音唸起來像藝人苗僑偉名字）。在塔斯曼尼亞的這個晚上，「我和苗僑偉有個約會」呢！（一笑）

相機：A7RII，鏡頭：SAL16F28 + LA-EA4

攝於澳洲
相機：A7SII，鏡頭：SAL16F28 + LA-EA4

攝影解說

(1) 在香港這個光害嚴重的都市，即使你在西貢東壩、大嶼山水口村這些
光害最少的地方拍攝，所拍到的銀河也像是披上了一層輕紗似的，朦
朦朧朧，相信這是空氣中的污染物將星光阻隔所引致。而在南半球的
澳洲及新西蘭，當地空氣污染較少，所以夜幕低垂的時候，繁星便清
晰可見；

(2) 可使用手機軟件（App，例如 Star Chart，Sun Surveyor 等）去預測銀
河出現的時間；

(3) 當然在滿月的日子，銀河會受月亮的影響而變得暗淡，較難拍攝。

星流跡弧狀北極光，筆者將 140 張相片合併而成。
攝於加拿大黃刀鎮
相機：A7SII，鏡頭：SAL16F28 + LA-EA4

星流跡弧狀北極光

攝影解説

如前文所説，極光的出現一般是有程有序，筆者在日落後，便等待弧狀極光的出現，以便拍攝星流跡極光。因為其後極光增強及邁向高峰時，便會開始散開成帶狀、片狀⋯⋯等各式形態，天空會大面積被極光所佔據，所以其後將拍攝到的相片拼合成星流跡相片時，通常會較難清晰看到極光的形態及輪廓了，所以大家要把握時機。

接着當出現帶狀及片狀極光時，如果極光的動態較少，極光較穩定地停留在空中，仍然可將星流跡及極光的形態同時拍攝下來。但當幕狀及放射狀極光出現，數十張相片合計的漫長曝光時間會令幕狀及放射狀極光內的特殊線條變得模糊，引致不能顯現出極光的質感。如果嘗試以減少拼合相片數量的方法去遷就，卻又會令到星流跡的長度變得太短。因此。拍攝幕狀及放射狀極光星流跡，結果很大機會是吃力不討好。

星流跡帶狀北極光

星流跡解説

很多朋友並沒有留意到星流跡的轉動方向,畢竟作品通常是以相片的形式展示。但如果星流跡是以縮時攝影的形式展示,大家便會發覺星流跡的轉動方向可以是順時針,也可以是逆時針的。

星星離地球很遠,我們看到星星在移動,但其實卻是地球在自轉(由西向東轉)令我們錯覺地以為星星在移動。情況與太陽從東方升起(當然是與地球自轉的方向相反),在西方落下一樣,所以星星也永遠是從東方升起,在西方落下(按:北極點及南極點是例外的)。

所以如果我們站在北半球向北望,星星便是由我們的右面(東方)上升,在左面下降(西方),即是星星看似是逆時針轉動。

相反,如果我們站在南半球向南望,星星便是由我們的左面(東方)上升,在右面下降(西方),即是星星看似是順時針轉動。

如果我們剛剛在赤道上,星星仍是由我們的東方上升,在西方下降,但我們已不能分出是順時針或是逆時針轉動了。

相機：A7SII，鏡頭：SAL16F28 + LA-EA4

星流跡帶狀北極光，筆者將 505 張相片合併而成。
攝於加拿大黃刀鎮

極光一縷

攝影解説

有朋友跟我説，拍攝到的極光與肉眼所看到的極光完全不同，這是因為：

（1）對顏色的分辨能力來説，肉眼與相機並不一致，肉眼對綠色是比較敏感；

（2）在光線較微弱暗淡的環境（低光）下，肉眼的感光能力明顯較相機優勝得多，例如：我們可用肉眼快速地望到夜空中的一顆星星，但對着相同的一顆星星，相機卻可能難以對焦。但相同情況下，肉眼卻又難以分辨顏色，因為眼內分辨顏色的細胞在低光環境下並不活躍；

（3）在不同光度的情況下，我們的眼睛會自行調節感光能力，以便我們可看到最佳的效果，而在相機方面，為了提高相機的感光能力，攝影師通常會推高 ISO 值，但這會引致雜訊（Noise）增多，影響拍攝出來的影像質素；

（4）相機可作延長曝光時間進行拍攝，而肉眼卻不能；

（5）拍攝到的相片可作後製處理，而肉眼當然不能。

所以——

（1）在晚間極光較弱的時候，我們可用肉眼已看得到極光，但極光的顏色卻是分辨不到（可能是暗白色），而除非採用延長曝光的方法，否則相機更加拍攝不到；

（2）在肉眼只看到綠色極光時，相機已能通過延長曝光時間及軟件後製的方法，將極光的其他顏色顯現出來，但雜訊（Noise）會增多，影響影像質素；

（3）在強烈極光的時候，肉眼也可看到極光非常細緻的質感及動態，相機卻未能達到肉眼的能力水平，而肉眼的自動調節能力也可快速地將最佳影像呈現，而相機卻可能出現過份曝光的情況。

總結來説，筆者也只能説，肉眼與相機在不同的極光強度下，實在是各擅勝場。

攝於加拿大黃刀鎮
相機：A7SII

旅程準備

衣着	飲食	住宿	通行	態度	資訊	安全	拍攝

八個主題，簡單介紹極光旅程需要注意的事項，令大家計劃極光旅程時，更容易做好準備。

衣着

暖包

(1) 在寒冷的地方，我們要注意保溫，外遊前先到商店購買一些暖包，以備不時之需。

(2) 在溫度較低的時間，充電池內的儲電會流失得特別快。而在晚上，在戶外拍攝極光，因為天氣寒冷，拍攝了沒多久，電池內的儲電便會很快耗盡。所以我們最好在數碼相機的電池位置，貼上暖包，令電池可在攝氏二、三十度的情況下運作，這樣的話，電池內的儲電便不會快速流失了。

(3) 筆者也習慣放暖包在鞋內、手套內及衣物內保暖，大家可依據自己需要及當地寒冷程度來決定是否使用。

(4) 暖包分為黏貼式及非黏貼式，數碼相機較迎適宜使用黏貼式暖包。

(5) 不同牌子的暖包所發出的溫度及持續時間也不同，購買時要查看清楚。

體感溫度

戶外的氣溫與人體所感受到的氣溫其實並不一致，因為在強風的環境下，體溫會流失得更快，所感受到的溫度其實會冷得多。所以請大家不要只依據天氣報告的室外溫度來決定穿衣數量，而是要作出較充裕的衣物及暖包準備。

洋蔥式穿衣法（寒冷天氣或地區）

(1) 到外地較寒冷的地方旅遊，要注意保暖的問題，而穿着衣物的方法可分為玉米式及洋蔥式兩種。

(2) 玉米式穿衣法是外穿一件極厚的大衣，而內裏則是平常穿着的衣服，這種方法較適合戶外極嚴寒，而室內又很溫暖（即暖氣供應充足）的地區，但適應性較低，如果室內並不是太溫暖，便會出現脫掉大衣會太冷，仍穿着大衣又太熱的尷尬情況。

(3) 筆者較偏好採用洋蔥式穿衣法，即穿着數件衣服：外穿防水外套，然後內穿羽絨外衣、羊毛長袖衣，長袖衣服、保暖內衣等，當然依據情況而有所增減。這樣的話，進入室內時，便可因應溫度，而決定需要脫掉多少衣服。這方法還有一種好處，便是衣服應該相對比較輕便，行李超重的機會因而減少，而存放衣物在行李內也比較容易。

手套及鞋墊

(1) 可帶一對厚手套及一對較薄的手套，以便因應天氣情況而使用；

(2) 手套也可以選擇能觸控手機及其他電子產品屏幕的款式；

(3) 市面上已出現一些 USB 充電手套墊及鞋墊，非常方便，而效能亦頗佳，但在選購時，要留意是否戶外適用，不要選擇戶內使用的款式，因為在寒冷的戶外地方，戶內款式所能輸出的溫度是不足夠的。

頭套、絨帽及頸巾

(1) 選購的款式最好能遮蓋到口、鼻及耳朵，以便提高保暖效果；

(2) 有些朋友非常怕冷，總要穿着厚厚的衣服，但又不喜歡頭套、絨帽、頸巾等，結果引致熱量不斷地流失，這不是有點怪怪的嗎？保暖以免冷病才是最重要的呀！

羊毛襪及羊毛雪靴

在雪地上行走，甚或只是站立在寒冷的戶外，低溫也能不斷地帶走人們身體的熱量，羊毛襪及羊毛雪靴絕對是筆者往雪地拍攝極光的必備衣物。

防霧頭套

在寒冷的地方，呼出空氣內的水份可能會在眼鏡上凝結成霜或水珠，妨礙視線，可購買運動型防霧頭套，令呼出的空氣不會接觸到眼鏡。

冰爪

在寒冷下雪的地方，冰爪是必要的裝備，否則難以行走，甚或容易引致滑倒。

防水鞋

在戶外攝影時，可能會經過流水的地方，防水鞋是必備的。

貼身腰包

在旅行時，保存現金、信用卡及旅遊證件便更加重要，很多旅遊人士喜歡將它們放在背囊或外套的衣袋內，但其實可以有一個更安全的方法，便是使用有鐵線保護的貼身腰包，這種腰包的扣是設計在底部，扒手是無法觸碰得到，而腰帶內也內藏鐵線，所以外人無法強行扯掉及搶去這種腰包。

太陽眼鏡

在下雪的季節，白雪在白天時會反射陽光，所以大家最好帶備太陽眼鏡以保護眼睛。在長時間的陽光及沒有保護下，直接看着白

雪，對眼睛會構成傷害，嚴重時會出現雪盲症。

防曬護膚用品
不能小看當地陽光的強烈程度，雖然大家在當地可能已穿着長袖衣服，但臉部皮膚也要保護，筆者在冰島環島遊後發現曬黑了很多，朋友以為筆者從熱帶地方回來呢！

密實袋及膠袋
以備不時之需。

145

飲食

食物

要帶備少量乾糧、即食麵、即食米粉及即食伴飯粉，於適應不了當地食物時食用或作調味，也為了應付不時之需。

有不少曾往看極光的朋友有此經驗，在晚餐的時間，外面出現了非常澎湃的極光，但由於是晚餐時間，只能眼巴巴從窗戶看着外面的滿天極光，但不能外出觀看。而由於外地的生活節奏較慢，每一頓晚餐可能需時要兩至三小時，所以當他們享用完晚餐後，才發覺極光剛剛已離他們而去。遇到這情況，真的非常掃興。

有些朋友可能會說，那麼先外出看極光，之後才回來吃晚餐吧！但這又出現了一個問題，外地的食肆一般早至晚上 8 時或 9 時便停止營業（並不像香港般，大家在晚上，甚或深夜，總也可以找到仍然在營業中的食肆或便利店醫肚）。所以如果先外出看極光，回來後便很大機會沒有晚餐吃了。

筆者對上述情況有一個頗為明確的處理機制：

(1) 保證有乾糧如巧古力及餅乾在身上，以便隨時可作充飢；

(2) 當看到有極光出現，筆者便會立即去觀看及拍攝，如果當時是晚餐時分的話，筆者也是堅決放棄晚餐也在所不惜。因為筆者覺得，千里迢迢到外地看極光，錢已花了一大筆，所以目標一定是極光，只要欣賞了在香港看不到的極光，回來後煮即食麵吃並沒甚麼大不了呀，反正又不是每天每餐也在當地吃即食麵，甚或在明天午餐時吃得好一點，也可以作為一點點補償吧！（一笑）

有些國家嚴禁或限制食物（特別是植物）進入境內，以防外來物種影響當地生態，例如澳洲、新西蘭、加拿大、美國等。所以在外遊前必須查詢當地的入境禁止事項，確保予以遵守，亦可為生態平衡盡一分力，而違反這些法例亦會受到當地海關的重罰，甚至被驅逐出境。

保溫瓶

在寒冷的地方一定要帶備保溫瓶，以方便飲用，而在寒天下飲暖水，也可替身體保暖。

住宿

(1) 要留意近年北歐（特別是冰島）的旅遊需求急增，住宿需求比較殷切，要盡可能在行程前確定住宿安排，不要想當然地以為隨時隨地也可以訂房及入住；

(2) 各地不時都會舉辦一些吸引外地旅客的節目，例如音樂節、馬拉松等，在該段期間內，住宿需求會急增，供需會頗緊張，費用也較高昂，這方面要留意；

(3) 不同國家地區所提供的住宿安排可以分別頗大，在一些國家地區內的旅遊景點，青年旅舍可能是相對較佳的選擇，因為它們是建於景點的毗鄰，反而酒店及旅館的位置可能會略遜，所以選擇前要作好資料搜集；

(4) 在旅遊淡季，外地有很多的旅館會關門，停止營業，直至明年旺季才會重開，所以住宿一定要預早安排，以免到達時碰壁；

(5) 獨自一人去旅遊的人士在決定住宿時，需要更加留意自身的安全問題，當然最好是與相約友人同行，以便互相照應；

(6) 可向航空公司、旅行社、旅遊網選購相關住宿服務。

通行（交通）

航空公司

(1) 選擇航班時，不要只看機票的價錢，要衡量航程所需的時間及轉機次數，如果航程及轉機需時太久，省了金錢，但卻耗掉了寶貴的假期時間，結果可能得不償失；

(2) 如果航程中需要轉機，請在安排行李寄倉時，向地勤人員查詢是否可安排行李自動送達目的地，以便免卻在轉機時提取行李及再寄倉的繁複手續；

(3) 可向航空公司、旅行社、有信譽的旅遊網站等選購相關機票；

(4) 可嘗試比對不同信用卡公司的積分優惠以換領機票優惠。

搭便車（截順風車）

冰島是一個頗多人搭便車旅遊的地方，筆者相信當地物價較貴是主要原因，大家如果決定採用這方法，要留意可行的季節（冬季太冷，絕對不適宜）、而人身安全及在截不到便車時的應變方法也需要預先考慮和作出準備。

計程車（的士）

各個國家都有各自慣常採用的電召車手機 App，所以在出發前要查清楚及預先下載，以便在當地可以即時使用。例如：在美國，較適宜使用 Uber，而在俄羅斯的摩爾曼斯克，也可選用 GETT、YANDEX 等。

自駕遊需要注意的事項：

租車

(1) 需要考慮行李佔用的空間，如果司機及乘客總人數是五人，便不能租用五座位車輛。視乎行李大小及多寡，五座位車輛可能只能容納三位人士，包括司機及乘客；

(2) 部份國家如冰島，請盡可能在租車時購買全面保險，因為曾

有租車人士的車輛被當地強勁的季候風將整個車蓋吹開（這裏説的並不是開蓬車的車蓬，而是金屬車蓋）。如果冰島刮起強烈的季候風，部份區域內較粗糙的火山灰可能會將車身弄花，所以請考慮是否要購買火山灰保險；

(3) 要預算是否會在雪地上行駛，以便換上適合雪地行駛的輪胎，否則在駕駛時，可能會出現滑輪的情況，非常危險；

(4) 過往要有雪地駕駛經驗才適宜租車在雪地上駕駛，因為雪地駕駛跟一般地面駕駛完全是兩碼子事，不可混為一談，千萬不要低估箇中的特別技術要求；

(5) 請在租車時與租車公司確認有沒有行車里數的限制，部份地方通常沒有該限制，例如冰島，但其他地方是有該限制的，例如加拿大黃刀鎮；

(6) 切勿忘了携帶國際車牌及香港車牌；

(7) 需要了解目的地的車輛是左軚操控，還是右軚操控，衡量自己是否懂得和適合駕駛。

駕車

(1) 在雪地上駕車：

　　i. 路肩的位置可能被大雪所掩蓋，看似堅實，但原來卻是路坑，輪胎陷入其中便會令車輛動彈不得，所以要避免將車輛駛上路肩；

　　ii. 外國地多人少，遇着車輛機件失靈的時候，拖車並不可能快速到達，所以要準備應急的糧水，以便應付等候時期的需要；

　　iii. 要避免車輛出現空轉的情況，因為在空轉時，輪胎下的積雪會被磨擦產生的熱力而溶解成水，水在嚴寒的情況下再快速凝結成冰，結果滑輪的情況會更容易出現。

(2) 在山路上駕車：

　　i. 外地的道路狀況與香港存在較大的差異，香港的道路一般是以柏油路（瀝青路）為主，但外地由於人煙較少，部份地區的道路只是石仔路、泥路等，有些道路甚至有路牌標

明只適合四驅車經過;

ii. 在筆者曾到訪的部份景點,也曾看到其他車輛的輪胎刺穿了,因為這些路段佈滿細小的尖石。所以必須遵照路況及當地的指示駕駛,不要抱着僥倖的心態去硬闖部份路況顛簸的景點。

(3) 外國的車速通常較快,但路面卻較狹窄,所以駕駛者只可在規定的停車處停車,不可隨便將車停泊在路旁,因為這會影響其他駕駛人士,而對自身安全也會構成危險;

(4) 在外國,市鎮與市鎮之間的道路通常是高速公路,但進入市鎮前必須要依照路面指示減速,因為市鎮內的行駛速度一般是限制在 50 公里或以下,鎮內道路上雖然人跡稀少,但也會有行人(甚或學童) 橫過行車路,必須小心駕駛,不要超速。另外,進入市鎮的道路也會有儀器及交通警員監察車速,相信大家也不希望收到超速罰單吧;

(5) 要留意路旁的土地是否適合暫時停車(必須開着壞車警告燈號),有些土地看似乾爽堅實,但其實地面下不太深的地方已是濕潤的泥土,甚或有地下水在泥土下面流過,將車停泊在其上可能會引致車輛翻側。筆者曾在部份國家看過當地政府的危險告示及相關警告短片,泊在這些泥土上的車輛甚至變成完全翻轉,所以切記要小心及留意;

(6) 千萬不能酒後駕駛;

(7) 身體不適也不宜駕駛,特別是在服用藥物之後。

汽油費

(1) 香港的汽油站總會有服務員協助駕駛人士注入汽油,但外地的汽油站很多是以自助形式運作,在沒有收銀員當值的時間(晚間或假日),顧客要以當地信用卡或預付汽油卡支付油費;

(2) 如果當地提供預付汽油卡這種付款方式,大家應購買一兩張以備不時之需。而購買預付汽油卡前,也應事先了解哪一間汽油公司在當地經營最多汽油站,購買這公司的預付汽油卡會比較穩妥,否則可能駕駛兩、三百公里也找不到相同公司

所經營的汽油站呢！在冰島自駕遊時，筆者會建議購買 N1 汽油公司的預付汽油卡，因為它所經營的汽油站較其他公司要多得多；

(3) 切記留意所租用的車輛是以汽油，還是柴油作為燃料，很多外國的車輛是使用柴油的，千萬不能入錯燃料。

交通情況

外地的路況很多時會受天氣的影響而有變動，例如：大雪阻路、大雨水浸、乾旱封山等。所以要到當地的旅客諮詢處查詢，以便了解最新情況，作出相應的行程改動。例如：冰島在 2017 年 9 月時曾發生百年一遇的大雨，主要路橋給沖塌，東部的主幹線交通完全中斷，交通大受影響。

行程的時間控制

要預算較寬鬆的行車時間，以免錯過晚間的住宿安排。筆者曾遇到突發性封路而阻延行程，引致到達不了早已預訂的旅館，當時附近所有旅館酒店亦已爆滿，結果筆者決定在車箱內睡一晚，但為安全計，便將車輛泊在一間酒店的停車場內，因為酒店有保安員當值呢。

行車記錄儀

(1) 可考慮帶備行車記錄儀（車 Cam），因為如果是駕車自由行時，沿途可能會遇上很多優美景色的地方，但又並不適宜停車拍攝（當然更不應該在駕駛時拍照），這時行車記錄儀可幫大家拍下沿途的優美景色；

(2) 在不幸遇到車輛事故時，也可以作為事發情況的記錄。

小島行

(1) 筆者頗喜歡到其他國家的小島遊覽，因為在這些小島，人跡罕至，人為破壞極少，大自然的感覺更加強烈；

(2) 這些小島很多也是觀賞海鳥及海洋生物的勝地，對筆者來說，確實非常吸引；

(3) 但大家要留意，前往小島都要乘搭輪船、直昇機或小型飛機，而小島的天氣比較多變，如果小島附近區域出現大霧的話，小島的對外交通便需要暫停，這對大家其後的行程安排可能有影響。所以如果大家其後的行程是比較緊湊，便要避免前往小島了。

態度

耐心　　　　等待是看極光的必要心態，極光預報並不可能絕對準確，有所偏差是必然的，提議大家可預早一個小時到達觀景點等待。

樂觀　　　　遇到大風雪時，可能會因天氣惡劣而非常失望。但依筆者的經驗，大風雪過後，天空是最清澈的，如果極光在這時候來臨，其燦爛程度一定會讓大家喜出望外。

禮讓　　　　要互諒互讓，遊覽及拍攝時，要顧及別人，不要影響別人。

權利與責任　當遇到問題時，要考慮如何保障自己的權利，也要承擔箇中責任。

資訊

電話卡及數據卡

(1) 在香港購買外地電話卡及數據卡時，要清楚查看卡的到期日，否則若買到逾期卡的話，便會得物無所用；

(2) 在外地一些國家，當地買的電話卡及數據卡較在香港買的更便宜，例如冰島，而且銷售點也頗多；

(3) 要留意每個地區有不同的網絡供應商，不要只考慮費用便宜與否，最重要的是選用網絡較完善、訊號較強的網絡供應商，例如冰島，較宜選用 Siminn；

(4) 可考慮選用香港流動電訊商的外地漫遊數據服務，但要設定上限，以免被收取大額的外地漫遊數據費用；

(5) 可考慮選用香港外遊數據公司的數據服務。

四大必備手機程式（APP）

極光預報 APP

(1) 現在已出現大量的極光預報的手機程式（App），大家只要搜尋 Aurora 字眼便可找到，預測極光已較以前大為方便；

(2) 但要避免使用由極光導遊公司自行製作的手機程式，它的預測極光指數跟官方數字大有出入，不能作準。

iOS

Android

天氣預報 APP

可採用手機上預設的天氣 App，
查看未來 24 小時的天氣預報情
況，看看所揀選的地方在晚間
的天氣情況，是否天清無雲？
以便了解極光會否被雲層所遮
蔽。也可如前文提及般，查看
當地天文台的網站。

iOS   Android

翻譯 APP

(1) 出發前，先下載谷歌翻譯
（Google Translate） 程
式至手機，然後開啟程式，
下載你通曉的語言（一般
是中文及英文吧） 及目的
地的語言；

iOS   Android

(2) 在目的地，也可以開啟谷
歌翻譯內的相機功能，
以手機鏡頭對着當地文
字數秒，便能即時翻
譯。

地圖 APP

(1) 出發前，先下載谷歌地圖
（Google Map）程式至手
機，然後開啟程式，預先
下載目的地的離線地圖，
以便減省外地的流動數據
用量；

iOS   Android

(2) 而在手機離線時，也能
使用離線地圖，甚至作
導航之用（GPS）。

安全

景點安全

(1) 現在很多遊人喜歡站在懸崖的邊沿位置拍照，而在筆者曾遊覽的部份景點，它們的懸崖位置其實已可清晰看到裂紋。筆者在此抱着「美景誠可貴，生命價更高」的信念，呼籲大家留意在景點時的個人安全，切勿為了觀景或拍照而站於非常邊沿或危險的位置；

(2) 部份自然景點會分為上下兩層，上層的遊人請注意，不要踢到石塊，令石塊掉到下層而傷及下層的遊人，而下層的遊人也要留意上層遊人的活動情況，筆者曾在冰島景點神之瀑布的下層拍攝，上層卻有遊人爬出警界線及誤將石塊踢到下層，落下的石塊跟筆者只有數步之遙；

(3) 除非有當地經驗豐富的導遊帶領，切勿往結冰的湖面及河面上行走，因為冰層如果不夠厚的話，冰面會裂開，非常危險。

旅遊安全

筆者相信一般的旅遊人士都是友善的，但大家也要有適當的心理準備，例如：

(1) 筆者遇到部份的外籍旅遊人士也會插隊，當你指出他們不當時，他們又會扮作聽不懂英語；

(2) 有些時候，又會突然出現當地人攔路索錢；

(3) 筆者曾有朋友在路上遇竊。

所以大家盡量不要單獨行動，要與旅伴同行以便互相照應。

另外，在旅遊時，切記不能因為樂極忘形（例如看到美麗的景物）而闖入私人地方，部份國家是容許民眾持槍的，民眾可能會誤會受到威脅而作出較激烈的舉動。

急救包

要準備簡單的急救包及藥物，以備不時之需。

保險

(1) 記着要購買旅遊保險，以便獲得相關保障；

(2) 如果是在香港報名參加極光旅行團，要確保收到持牌旅行社發出的正本收據，而收據上也應該蓋有印花，顯示受到「旅遊業賠償基金」及「旅行團意外緊急援助基金」的保障。縱使電子印花徵費系統已經推出，但向旅行社取回蓋有印花的正本收據仍是最穩妥的做法；

(3) 要向保險代理了解提出申索時，所需要提供的文件（例如報失物件所獲發的「報案紙」，醫生發出的醫療報告、診症費和醫藥費收據）及要辦理的手續。

野生動物

(1) 在香港，我們看得到的較危險的野生動物可能僅是野豬，但在外地，野生動物卻可能兇猛得多，所以旅遊時要有警覺性。筆者曾在入冬時分，以為棕熊們已經冬眠，結果在阿拉斯加誤闖棕熊的棲息地。當時棕熊咆哮着警告筆者離開，牠的咆吼聲由遠至近，非常危險，筆者回想也猶有餘悸；

(2) 筆者在加拿大黃刀鎮晚間拍攝極光時，在市中心與的機場之間的小湖區，已能聽到大量狐狸的叫聲此起彼落，而在黃刀鎮的告示中，也警告當地是土狼（Coyote）的活動範圍；

(3) 大家千萬不要只留意天上的極光，也應抽時間順道觀賞當地的野生動物，例如鯨魚、海豚、海獅、海豹、海象、鰹鳥、海鸚（北半球）、企鵝（南半球）等，對生活在城市的香港人來說，觀察這些大自然動物必定會引發新的體會；

(4) 要尊重自然生態，不要靠近野生動物，我們只適宜遠距離觀賞牠們，否則會令牠們受驚及干擾牠們的生活；

(5) 可帶備小型望遠鏡作遠距離觀賞之用。

指南針

(1) 如果旅程中涉及野外活動，記緊要帶備指南針，不要只倚賴手機的指南針功能，因為它可能會受到鄰近設備的干擾；

(2) 指南針也對拍攝星空及極光時，尋找方位大有幫助。

外地櫃員機提款

在出發前，請預先往銀行開通提款卡在外地的提款服務，最好是兩大國際銀行網絡 Plus 及 Cirrus 的提款服務也作申請，否則當拿着開通了 Plus 提款服務的提款卡時，但外地提款機卻只接受 Cirrus 提款服務，便會徒呼奈何，當然反之亦然。

現金

(1) 需持有一些美元或歐元現金以備不時之需，畢竟，美元及歐元是現在世界上最流通的貨幣，方便兌換成當地貨幣；

(2) 在外地觀賞極光的地方，港幣通常不能兌換成當地貨幣，即使可以被兌換，兌換率也不甚理想；

(3) 部份國家限制可携帶入境的現金總額，所以在外遊前必須查詢這方面的入境限制。

緊急電話

(1) 大家必須帶備手機以備緊急通訊之用；

(2) 在觀賞極光的國家，需要使用緊急電話時，一般可撥打 112（特別是在歐洲地區及格陵蘭），而在其他國家內撥打 112 也會自動轉駁至當地使用的緊急電話號碼，例如美國及加拿大的緊急電話是 911，新西蘭是 111、澳洲是 000 等。

拍攝

相機及手機

(1) 要選用感光能力較佳的相機和手機;

(2) 千萬不要使用閃光燈,閃光燈對拍攝極光沒有幫助,也會影響別人拍攝;

(3) 要帶你熟習的相機往拍攝極光,否則在拍攝時才發現不懂調校新相機的設定,你說這會是多麼掃興的事情;

(4) 因為極光的形態變化可以很快,這一秒的形態與下一秒的可能已有很大的分別,所以在拍攝的過程中,需要不斷調校設定(光圈大小、曝光時間、白平衡水平、ISO 等);

(5) 要練習在黑暗的環境下,也能熟練地操作相機。

快門線

按快門時可能會引致相機稍稍震動,使用快門線可以避免這種情況出現。

三腳架

(1) 拍攝極光需要延長曝光時間,以便採集足夠的極光光線,所以三腳架是必要的裝備,否則影像可能會模糊不清;

(2) 如果目的地天氣寒冷,千萬不要在沒有防護之下直接拿着以金屬或碳纖造成的三腳架,筆者過往曾因此而被凍傷。所以請記着以保護膠包裹三腳架的架腳,也可以在拿取三腳架時,以厚手套防護;

(3) 在較大風的情況下,要留意三腳架的調校高度,較高的三腳架會較易給吹翻;

(4) 根據航空安全的規定,三腳架只能寄倉,不能自攜上機。

白光電筒

(1) 預備白光電筒對景物進行補光;

(2) 使用白光電筒時,千萬不能影響到別人,要尊重其他人;

（3）不能用電筒胡亂照射，以免影響他人。

紅光電筒

相對白光電筒，紅光電筒對其他人拍攝時的影響相對少一點，但也要小心注意，尊重他人，互讓互諒。

頭燈

使用頭燈，在夜間行走時使用，以便能騰出雙手處理其他事情。

鏡頭抹布及吹塵器

在戶外拍照時，鏡頭上可能會沾上沙塵，甚或細雪，先以吹塵器將其完全吹走，然後才以鏡頭抹布輕輕抹去吹不掉的細雪、水珠和沙塵。

光學濾鏡

在拍攝日景時，因為要處理光差的問題，所以可考慮使用光學濾鏡。

攝影黑卡

（1）光差太大時，用來減弱構圖中強光部份的光亮度，以便可用延長曝光時間的方法去加強較暗部份的光亮度；

（2）但風勢太大時，黑卡較易被吹動，並不適宜使用。

三軸穩定器

如果想拍攝旅程影片，為了防止在移動時，影像不斷擺動，可以帶備三軸穩定器供手機和相機使用。

電池

（1）要帶後備的相機電池，因為在寒冷天氣下，電池內的儲電會較快流失；

(2) 如果相機可以在持續充電的情況下運作,亦會較佳;

(3) 要帶備適量 2A 及 3A 電池,以備不時之需。

航拍機（Drone）

(1) 各個國家對使用航拍機的限制正在不斷改動,普遍來說,越來越受限制,請留意各國不斷更新的法例要求;

(2) 千萬不能在飛機場及直昇機場附近使用航拍機;

(3) 部份城市因為較細小,肉眼已可以看到飛機（民航機、定翼機、直昇機等）頻繁升降,所以當地政府會將整個城市列為航拍機的禁飛區,例如:冰島首都雷克雅未克。不要抱着僥倖的心態,以為海邊、郊區或城市的邊沿地帶便可使用航拍機;

(4) 通常景點的入口已有清晰告示,表示是否禁止使用航拍機,請留意入口的指示。例如:美國的國家公園已全面禁止使用航拍機,甚至在禁止區域內手持航拍機也足以被撿控;

(5) 互諒互讓,如果景點沒有禁止使用航拍機,也要確保使用時的安全,不影響其他遊人,更不能影響當地的野生動物;

(6) 要留意在寒冷的地方是否可以正常操作航拍機,特別是電池內的儲電量是否會因天氣寒冷而快速流失。

電插排（拖板）及萬用插頭（萬能插蘇）

(1) 大家最好帶備旅行用的萬用插頭以適應不同國家採用不同形狀插頭的需要,以防止帶錯插頭的事情發生;

(2) 選用較輕便但插座也較多的插排,以便減輕行李的重量;

(3) 坊間最新的插排已另外設有數個 USB 插座,這對手機及相機的充電帶來很大的方便;

(4) 帶備可在車上使用的充電器,方便在車上為各電子產品充電。

遊蹤

往外地旅遊，如果目光只單單放在晚上的極光，實在非常浪費，白白錯過欣賞日間優美景色及其他事物。

現在便為大家簡單介紹一下筆者在不同極光旅程中，曾體驗的節目和日間景點吧！

極光 + 馬拉松之旅

現在讓筆者介紹一下 2017 年的兩個極光馬拉松之旅。大家可能會問，極光怎麼會跟馬拉松連在一起呢？極光是在冰天雪地的季節才看到，而筆者怎麼會在冰天雪地的日子裏去跑馬拉松呢？跟前文所説，極光要在低溫下才可看見的説法，只是坊間的謬論，極光與溫度其實沒有關連。但亦正是因為這些謬論，令較少人留意夏季的永晝（和夜空轉為全黑）之後與極地季候風來臨前的這一個多月。筆者其中一次的冰島極光之旅便是在夏季進行。當時的溫度在攝氏零度與 15 度之間，並不需要冒着刺骨寒風呢。

冰島馬拉松 · 雷克雅未克（Reykjavik）

8 月份是冰島的旅遊旺季，氣候宜人，一年一度的冰島國際馬拉松賽事會在每年的八月中旬在首都雷克雅未克舉行，而首都的「文化之夜」亦會在同一天的下午開始，直至晚上 11 時結束，跟着更會以海旁的大型煙花匯演為整天的節目作結。換言之，整天也是密密麻麻的節目，早上跑馬拉松，下午及晚上可參加

冰島國際馬拉松賽事起點

費用全免的「文化之夜」節目，然後晚上再欣賞煙花，整個國家都因為這三大節目而洋溢着歡樂的節日氣氛。如果大家好運的話，深夜可再去觀賞極光，當然這麼多的活動不但令人樂透，也實在讓人累透呢！（一笑）

話説回冰島馬拉松，直至 2017 年，這賽事已舉行了 34 屆。筆者於去年也參加了，當時參賽者人數頗多，達到 4 萬多人，以這個只有 30 萬國民的國家來説，已經超過總人口的 10%

了，而且很多在外地工作的冰島國民，也會專誠回國參賽。賽事非常歡迎外國人參加，所以外國參賽者人數也很多，達到4,000多人，約是總參賽人數的10%。因此這段期間的住宿、膳食及交通需求都會很高，如果大家有興趣參加，要預早作出安排了。

冰島國際馬拉松的開心跑賽事

賽事分為馬拉松、半馬拉松、十公里賽及非常特別的「開心跑」（二至三公里賽事）等四個項目。在首都的市內跑，賽道途經首都海岸線，景色非常優美。於賽事舉行期間，在路旁的民居，家家戶戶也在門前開派對、彈結他、跳舞，居民們也會熱烈地為參賽者打氣和自發地為他們提供補給，舉國處處皆充滿狂歡的氣氛。如果大家是參賽者的話，一定會覺得活像在參加一場馬拉松嘉年華呢！

整個賽事中，筆者實在非常喜歡其中的「開心跑」項目，因為這個項目是開放給所有年齡人士參加，所以冰島的父母們都喜歡帶着自己年幼的子女一起參賽，完全不在乎名次，只在乎參與。看到他們一起手拖着手，輕輕鬆鬆的跑兩、三公里，過程中充滿了小朋友們天真爛漫的笑容、父母們的關懷，氣氛非常溫馨。筆者甚至看到有幾歲大的小朋友，愉快地推着嬰兒車參賽，坐在車上的是他幾個月大的弟妹，令筆者忍俊不禁。而其他參賽者也包括高齡人士、殘障人士，圍觀者不斷地在賽道兩旁為他們打氣，高叫「加油」，直至賽事完結為止。賽事中，人與人間相互尊重、相互勉勵的精神，令人感受至深。可惜香港國際馬拉松賽事已非常擠擁，否則如果也加入這個「開心跑」這個項目，一定會更有意思呢！

因為這個賽事並沒有人數限制，所以冰島馬拉松通常在舉行前的九天才截止報名。以下是賽事的官方報名網址：http://www.marathon.is/registration/registration，供大家參考。這賽事實在非常值得嘗試，大家快快把握機會吧！

筆者在比賽前的晚上，因為抵受不了極光的誘惑，外出拍攝了極光，然後小睡三個小時後，便去參加了這個馬拉松賽事。筆者在此呼籲參賽人士事前要有充足的休息和準備，在參賽前一晚，大家記着要忘了極光，千萬不要抬頭往天上看啊！（一笑）

莫斯科馬拉松

俄羅斯馬拉松·莫斯科

直至 2017 年，莫斯科馬拉松才舉行了五屆，可說是很年輕的馬拉松賽事，但它卻有非常吸引人的一面，因為整個賽道的設計讓參賽者跑經莫斯科市內的各個主要名勝區，例如莫斯科河、克里姆林宮、紅牆等，那種濃厚的歷史氣息並非其他國家的馬拉松賽道可相提並論。

筆者參加莫斯科馬拉松留影

賽事通常於 9 月底舉行，接近秋分這個極光較常出現的日子，筆者去年便在上午於莫斯科參賽，然後下午乘搭航班到俄羅斯西北部的摩爾曼斯克（Murmansk）觀賞極光，兩地來回機票費用只是約港幣兩千元，蠻便宜呢。

這個賽事分為馬拉松及十公里兩項，如果大家想參賽，可事前在網上報名，大約在賽事舉行前一個月截止報名。如果賽事的參賽名額未滿，大會會在賽事舉行前的兩天（不包括賽事舉行當天），讓人現場報名。以下是大會的官方網址，供大家參考：https://moscowmarathon.org/en

賽事前一天，筆者到了莫斯科市內各景點遊覽，圖中是紅牆（Red Square）內的聖巴西爾大教堂（Saint Basil's Cathedral）。相機：A7RII

另外，請注意：參賽者要在賽前提供一紙醫生信給賽會以便證明身體狀況適合參與賽事，醫生證明信當然不需要由俄羅斯醫生發出，而是由香港醫生發出的也可以，因為賽事職員的英語及普通話水平會讓大家大吃一驚呢！

大家也可以預早在賽事前數天到達，順道遊覽莫斯科市內的優美景色，特別是名聞遐邇的各大地鐵站，部份地鐵站的內部建築和裝飾品皆達到藝術品級數，保證不會讓大家失望。

可能大家會因為對俄羅斯較陌生而憂慮如何拿取旅遊簽證。這點大家不用擔心，因為特區護照持有人可以得到 14 天落地簽證待遇，很方便呢。

圖中是筆者與來自白俄羅斯的旅客家庭一見如故，一起共晉晚餐。相機：A7RII，鏡頭：SAL1635Z2+LA-EA4

莫斯科的金秋節（Golden Autumn Festival）慶祝農作物豐收。相機：A7RII

極光 + 觀鳥之旅

可愛的飛天企鵝──海鸚

冰島及法羅群島

海鸚（Puffin）會一大群的在懸崖或斜坡的石縫間或泥土中築巢，牠們的頭部像鸚鵡，身形又像企鵝，非常有趣。

跟法羅群島居民閒談，他們說海鸚是當地人一種美味的菜餚，筆者聽了後，下巴真的掉了下來，心想怎可能將這種外型可愛的雀鳥當作食物呢？對方可能也看到我的錯愕表情，立時跟筆者打了一個眼色，笑哈哈地說：「As you know, we are Vikings, we are barbarian（妳也知道吧，我們是維京人，野蠻人啊）。」我立即為我的錯愕表情致歉，再跟他們談了一會，發現原來他們對海鸚的捕捉有嚴格的規定，近數年可能因為氣候的原因，海鸚的數量不斷下跌，島民們早已經停止捕捉海鸚了，而當海鸚數量在未來回復正常水平時，才會再進行捕獵。他們說這是生態平衡的問題，儘管他們認為海鸚是美食，但確信有些行為是需要適可而止，以便讓大自然休養生息。

南極有企鵝，北極有海鸚，形態相近，而且一樣可愛。對到訪冰島及法羅群的各國旅客來說，每年 5 月至 8 月期間，觀賞海鸚是必然活動。筆者選擇在 8 月底到冰島，結果是看極光、跑半馬拉松、觀賞海鸚及觀鯨等四個願望，也在旅程中全部滿足了。

大家可參加陸上或海上的導賞團觀看海鸚，而筆者建議以陸上的為佳，因為在海上看海鸚，距離頗遠，而船身也不斷搖晃，拍攝海鸚時較難準確對焦。

地圖標示
https://goo.gl/maps/bmJfqBVeieS2

冰島赫馬島 （Heimaey）

相心閱讀

常常在動物紀錄片中看到一種雀鳥，好像披着黑色禮服，內裏穿着白色襯衣，活脫脫像一個文質彬彬的紳士。當你預期牠只懂左搖右擺地行走時，牠卻原來也會在岩石間跌跌撞撞地蹦跳，像極了一個天真爛漫的傻孩子。

在牠的臉上，可看到一列列色彩斑斕的花紋，看上去有如繪在臉上的迷彩，難道牠其實是一位思想前衛的反叛少年？

突然間，牠在崖邊騰空一躍，拍翼展翅，這刻牠又成為了一個成熟的飛機師，在空中自由自在地飛翔。

在牠的大半生中，牠會隨着波濤的起起伏伏在海面上謀生，每天役役營營，為踏進生命的另一階段作出準備。

大地回暖，長大了的牠便會與愛侶回到崖邊的草洞中，共築愛巢，靜待着愛情結晶的誕生。

孩子出生後，牠夫妻倆會頻繁地穿梭於崖邊及海面，勞勞碌碌地捕捉希靈魚 [即鯡魚（Herring）] 及海蝦，用以餵哺牠們的下一代。當牠滿口咬着希靈魚的時候，看起來儼如一位長滿鬍子的慈父，為了養育下一代，牠從來沒有半句怨言。

海鸚如人，人如海鸚，想一想，兩者原來沒有多大分別。

攝於冰島
相機：A9，鏡頭：SEL100400GM

北方塘鵝——鰹鳥

法羅群島

在法羅群島的西面，有一個只有十位居民的小島，但島上的雀鳥卻是數以十萬計，當地人稱之為鳥島。

縱然島上的雀鳥數量如此驚人，但遊人在島上遊覽並不用擔心會受到雀鳥排泄物的高空襲擊，因為當地的雀鳥都是喜歡住在懸崖峭壁上的海鳥，牠們每天的生活便是來回於海上與峭壁之間，在海上覓食，在峭壁上棲息。基於牠們這種生活習性，所以大家有很多機會可以近距離觀看牠們。如果在適當的季節到達島上，大家甚至可以看到雀鳥父母餵哺雛鳥及雛鳥學習飛行的場面。在這樣近距離下接觸海鳥，令筆者有一種成為動物紀錄片攝影師的感覺，蠻特別的。

鳥島的對外交通只有兩種——輪船及直昇機。輪船只在旅遊的旺季才會航行，筆者在這裏推介各位乘搭直昇機前往。大家不要以為直昇機的票價一定很昂貴，這裏的直昇機票價便宜得很，單程只花了兩百多塊港元，可能是世界上最便宜的直昇機旅程呢！而且直昇機的機齡頗短，絕對是物超所值。在直昇機航程中，大家更可居高臨下，欣賞法羅群島美麗的地貌景色，筆者誠意推薦。

鳥島上的海鳥主要有三種：鰹鳥（Northern Gannet，又名北方塘鵝、北方鸕鷀，學名 Morus）、海鸚（Puffin，學名 Fraterculan）及海鷗。

地圖標示
https://goo.gl/maps/
kkvg8r7YE8F2

法羅群島・米基內斯 Mykines

相機：A7SII　鏡頭：SAL1635Z + LA-EA4

相機：A7RII
鏡頭：SAL1635Z + LA-EA4

鰹鳥
相機：A7RII
鏡頭：SEL70200GM

相機：A7RII
鏡頭：SEL70200GM

黃眼企鵝（Yellow-Eyed Penguin）

新西蘭卡提奇燈塔（Katiki Point Lighthouse）

這個燈塔的外形其實沒有甚麼特別出眾之處，這裏最與眾不同的地方其實是燈塔入口旁的一條小路，因為這是野生保護區的入口，保護區對外開放，每天開放時間是早上 7 時 30 分至晚上 5 時 30 分，夏季會延長開放時間。

當天筆者與其他遊人一起進入小路後，發覺路徑很容易走，只是步行了約 5 至 10 分鐘，已看到一隻野生小動物在我數公尺以外的地方。牠迎着海風，正在那裏閉目養神，眾遊人都屏息靜氣，跟從入口所示的守則，與牠保持距離，不想打擾牠，牠是甚麼？是野生黃眼企鵝（Yellow-eyed Penguin）呀！

沿着步徑，筆者今次看到了十多隻黃眼企鵝，數量不是太多，可能因為附近有很多企鵝捕獵者——野生海豹在曬太陽吧！部份海豹的體形很巨大，筆者也是首次看到這麼巨型的海豹，第一眼看見牠們時，還以為牠們是海象呢。

保護區門口有工作人員向遊人募捐，大家也盡點力吧！

地圖標示
https://goo.gl/maps/
t6UJ1LB3RfJ2

攝影解説

記着要帶長焦鏡以捕捉野生企鵝及野生海豹的神態啊！沒打算拍照的話，不妨帶一個小型望遠鏡以方便觀賞。

極光 + 觀鯨之旅

胡薩維克（Husavik）

在冰島北面的有一個小市鎮，名叫胡薩維克（Husavik），這裏是觀鯨的著名地點，因為鄰近水域有很多不同種類的鯨魚經過。筆者在這裏看到了座頭鯨（Humpback Whale）、小鬚鯨（Minke Whale）和殺人鯨（Killer Whale）呢！大家要留意：

(1) 觀鯨船並不是每天也必定能出海，如果風浪太大的話，當天的觀鯨團會取消。冰島的夏季天氣相對穩定，能出海的機會較高；

(2) 相機和手機要繫上帶子，以免不小心掉入海中；

(3) 穿着的保暖衣物是否足夠？因為不論季節，在航程中所遇到的海風皆極其寒冷，真的不可等閒視之；

(4) 舉辦觀鯨團的公司會提供防水、防風及禦寒的衣物給參加者穿着，但其他個人衣物如保暖內衣褲、厚襪、頸巾、防水外套、防水褲、毛帽、手套等也是必須預先準備的。當然如果也帶上太陽眼鏡、防水及防滑鞋的話，便會更加理想。

因為天氣寒冷及海上風浪的問題，如果想在極光之旅中，加上觀鯨這項目，筆者建議各位於8月中旬至9月底期間前往。

相機：A9，鏡頭：SEL100400GM

座頭鯨的尾鰭

地圖標示
https://goo.gl/maps/
KZp6Zhn9TSp

冰島及格陵蘭

冰島的原始地貌確實令人讚嘆不已，難怪荷里活電影的大製作也喜歡來到冰島取景，以拍攝出大自然景色的雄奇壯麗。美國太空總署在 1969 年首次登月前，也安排太空人在當地訓練，因其地貌被認為最能用作模擬月球表面的環境。

冰島國旗

美國登月太空人在冰島受訓

由於冰島是海島氣候及由火山形成的關係，所以天氣較不穩定，冰島人也有一句戲言：「在冰島，如果你想感受另一種天氣，請等五分鐘。」但冰島人懂得盡量利用得天獨厚的地熱資源作發電及取暖之用，冰島人的強烈環保意識實在令人讚賞。

當地的物價指數很高，一頓飯普遍耗費三、四百港元，可能也是這個原因的關係，在夏季時，路上會遇到很多想乘搭便車（順風車）的年輕旅客，數量之多，在其他國家確實很少見到。

在冰島浸溫泉是很多遊人首選的項目，大家可以選擇到西南部的藍潟湖（Blue Lagoon）或北部的米湖（Mývatn）啊！

冰島環島遊是一個很多人的夢想旅程，但需要留意在冬季下雪時，冰島北面道路受積雪及強風影響，是否仍適合駕駛？甚至是否已被暫時關閉？如果道路仍可通行，受冬季日短夜長及積雪影響，車速是否需要大大降低，引致要大幅延長行車時間才能完成環島旅程？種種因素確實需要小心考慮。筆者的環島遊是在 8 月底至 9 月初完成，如果將飛行時間計算在內，共用了

12 天。因為筆者明白可盡量利用夏季日長夜短的特點來駕駛及遊覽景點,而冰島在夏季末的晚上常常天清無雲,筆者在行程中的大多數晚上,也可以每晚看到 4 小時的極光呢。俗語說:「不時不食!」筆者對旅遊及攝影,也是抱着相同的想法。

在旅程中,大家應該會經常遇到冰島的特產——冰島馬。這種馬的體形細小,但很耐寒,性格亦非常溫順,所以很多國家都會進口冰島小馬,以便小童與馬匹接觸時,可減低當中的危險性。

冰島馬

格陵蘭位處北美洲大陸,在加拿大的東北方,簡單來說,是在加拿大與冰島間的一大片土地,人口非常稀少,少於 6 萬人,但面積廣達 216 萬平方公里(香港面積只是約 2,755 平方公里,相差接近 800 倍)。

格陵蘭旗

格陵蘭在對外交通上與歐洲大陸的聯繫較多,與北美洲的聯繫極少,如果乘搭航機前往格陵蘭,需要取道歐洲。

當地人口主要聚居於首都努克(Nuuk),佔全國人口三分一,所以其他城市的人口實在太少,城市間的交通主要以輪船連接,想自駕遊的朋友可能要失望了。

日間景點

心形交通指揮燈

冰島阿克雷里（Akureyri）

緣由：

冰島是在 1944 年從丹麥獨立出來的國家，可說是非常年輕，但過去數年卻飽受金融海嘯的蹂躪。在 2008 年金融海嘯發生後，民眾的心情跌到低點，其中一個小鎮阿克雷里便發起衷心微笑運動（Smile with your heart），其中一環便是將部份交通指揮燈的紅燈改成「心形」，大家可以感受到當地人自強不息的一面啊！

冰島的心形交通指揮燈

相心閱讀

在冰島的路途上，無意中遇上了這樣別出心裁的交通指揮燈，當時的一刻，打從心底裏爆發出來的歡呼聲響徹了車廂，每一個團友臉上都出現了燦爛的笑容。小小的創意原來便能夠將眾人開心喜悅的情緒牽引出來，創意的力量真是難以想像。

地圖標示
https://goo.gl/maps/
4tjHuHLFFkG2

衷心提議

不知香港政府會不會效法冰島，在香港豎立起「紅心」交通指揮燈呢？

筆者提議將它們改大些及變成「開心笑臉」交通指揮燈便更好了。每當看見「開心笑臉」交通指揮燈，每個香港人便都會心微笑，甚或掛着燦爛笑容，大家說多好！

冰島黃金圈

冰島西南部有一個非常濃縮的景點區域,它便是人所共知的「冰島黃金圈」(Golden Circle)。黃金圈指的是冰島的三大景點:辛格維利爾國家公園(Thingvellir National Park)、黃金瀑布(Gullfoss)及蓋歇爾與斯特羅柯間歇泉區(Geysir)。從首都雷克雅未克出發,只需約兩小時左右車程便可到達圈內景點,而因為這三個景點之間的距離頗近,所以一天內便可以全部欣賞這三個景點了。

辛格維利爾國家公園
(Thingvellir National Park)

景點介紹:

辛格維利爾國家公園在地質學上非常重要,因為它正處於地球兩大地殼板塊:北美板塊(North American Plates)與歐亞板塊(Eurasian Plates)的接合位置,是美洲與歐洲的真正分界線。這板塊裂縫令冰島成為世界上地殼活動最頻繁的地方之一,亦令冰島火山處處,而火山活動也造就了冰島的誕生。這裏也是全球第一個國家議會的會議場地,對冰島人來說,這裏具有特殊意義。

相機:A7SII,鏡頭:SAL1635Z2 + LA-EA4

地圖標示
https://goo.gl/maps/
dWbWKLkVHMu

黃金瀑布──古佛斯瀑布 （Gullfoss）

旅遊提示：

在外國的景點，很多也是沒有設置圍欄，但這並不代表景點沒有危險性。一般來說，外地的景點管理人員會假設遊人懂分寸、知輕重，曉得分辨危險性，為自身的安全負責，而景點也會標示警告及作出提示，遊人們便知所進退，不會以身犯險。

事實上，確曾有遊人魯莽犯險而墮進瀑布之內，當局也立即作出搜救，可是⋯⋯。請謹記，最能顧及自身安全的必定是遊人自己，於外地旅遊，切記要量力而為，不要以身犯險，請時刻保持警覺。

附註：筆者曾到訪另一國家的著名景點，標示甚至註明是存在高度危險性，遊人要自行衡量是否適合前往，出了事故時，當局也不會作出救援。

攝影解説

這個景點是由多個瀑布組成，非常宏大壯觀，觀景位置也特別長，可供拍攝的地點很多，交通非常方便，但由於是處於東西兩方的山谷之中，並非拍攝日出日落的好地方，較適宜拍攝銀河、極光、星流跡等。

地圖標示
https://goo.gl/maps/
uXB6L9RRJZ22

相機：A7SII，鏡頭：SEL2470GM

蓋歇爾與斯特羅柯間歇泉（Geysir）

地圖標示

https://goo.gl/maps/ChEfJ3FvPPJ2

攝影解説

(1) 在這景點，環迴 360 度也能拍攝到間歇泉的爆發，如何選擇拍攝方位及角度，當然也取決於拍攝時間。如果拍攝時間並非日出日落時分，筆者較喜歡以全藍天的方向為背景，因為更能凸顯出爆發的水柱。至於以山為背景的方向，因為有所對比的關係，反而會減低水柱在相片中的震撼力；

(2) 有些時候，水柱會在三數秒間連續噴發兩次，所以不論拍攝或觀賞，也要留意。如果是拍攝影片的，更要注意這點；

(3) 兩次噴發水柱的相差時間並不是固定，一般是七分鐘至十數分鐘不等；

(4) 如果時間充裕，也可嘗試用長鏡補捉泉眼在爆發時漲起的一刻，在這一刻，泉眼真的活像一隻眼睛呢！

教會山（Kirkjufell Mountain）

景點介紹：

教會山，又名草帽山或朱古力山（巧克力山），是冰島的最著名景點，所有介紹冰島的旅遊刊物都附有教會山的相片。最適宜觀賞及拍攝教會山的地方是鄰近的教會山瀑布（Kirkjufellsfoss），因為可以同時將教會山瀑布及教會山作為相片的主體。從公眾停車場步行至教會山瀑布只需數分鐘，非常方便。

地圖標示
https://goo.gl/maps/
x5SraqV6tgy

彩虹瀑布

史可加瀑布（Skogafoss）

景點介紹：

這瀑布非常宏大，而遊人也可以近距離在瀑布底看到水流傾瀉而下的壯觀景色。

這瀑布為甚麼會被稱為彩虹瀑布呢？當你在看到那在晴天下必然出現的彩虹時（有些時候，甚至是出現雙彩虹），你便會明白的了。

地圖標示
https://goo.gl/
maps/8CVhfaYJbqt

附圖是筆者在史可加瀑布前留影，拍攝時，竟看到有遊人在冰冷的瀑布中赤裸沐浴呢！

哈爾格林姆教堂
（Hallgrimskirkja）

景點介紹：

這一座巨大教堂，是冰島的著名地標，位處首都雷克雅未克市中心，由於外形酷似穿梭機，所以被暱稱「穿梭機教堂」，但其實它的建築概念是以柱狀玄武岩為模仿對象，也即是火山熔岩冷卻後的六角柱石。大家不妨將它跟本書另文提及的六角柱石瀑布比對一下，便會恍然大悟了。

攝影解說

冰島首都市中心有很多地標性建築物可供拍攝，但城市光害也確實很嚴重。當預期極光指數偏高的時候，冰島政府會關掉首都市內街燈，也會呼籲市民減少照明燈光，以便遊客可在市中心內觀賞極光。所以當預期極光指數偏高時，便要把握在市中心拍攝極光的機會了。

地圖標示
https://goo.gl/maps/
qno9U2Hwzp52

相機：A7RII，鏡頭：SAL16F28 + LA-EA4

傑古沙龍冰河湖
(Jökulsárlón - Glacier Lagoon)

真我的風采

相心閱讀

大小不一的冰塊從冰川崩裂出來，於湖面上浮游浪蕩。隨着水流風向，浮冰們互相碰撞摩擦，磨平了周邊多餘的棱角。經歷日曬雨打，稚嫩的表面亦悄然褪去，顯露出箇中獨有的氣質。

斜陽夕照，渾然天成的「鑽石」活現眼前，經歷歲月的洗禮，自自然然便透射出煥發的光芒。

攝影解説

攝影上的「魔幻時刻」（Magic Moment）是指日出前及日出後的時刻，這時光線的色彩美麗多變，而且光線是側光，與正午時分的猛烈陽光（俗稱「硬光」）不同，較適合拍攝。電影《星聲夢裏人》（*La La Land*）中數個洛杉磯的戶外場景也特別選擇在「魔幻時刻」中拍攝，以表達景色的自然美態。

地圖標示

https://goo.gl/
maps/2xxKXvpuv522

鑽石冰沙灘
(Jökulsárlón Ice Beach)

鯊魚奇冰

緣由：

冰島黑沙灘上的冰塊並不是來自海上的浮冰，它們其實是源於毗鄰的冰川湖，巨型冰塊由冰川湖被沖出大海，海浪再將它們沖上黑沙灘，經海浪的不斷拍打、擊碎、溶解，便變成無數如巨鑽一般的冰塊散佈於黑沙灘上。

地圖標示

https://goo.gl/maps/
Ns9sM2Q8Fbr

攝影解說

（1）由於冰塊是來自冰川的關係，冰的純淨度和透析度也極高，而黑沙灘面向東方，在這裏可拍攝到絕佳的晨曦。在拍攝時，等待晨光從冰塊的側面透射而出，可令這些來自冰川的鑽石顯得更晶瑩剔透，亮麗動人；

（2）黑沙灘的浪濤頗為洶湧，必須小心在意，不要太靠近岸邊，以免被浪濤所沾濕、沖倒，甚至捲出大海；

（3）以冰塊作前景，及以稍稍延長曝光時間去拍攝退去的浪潮，效果頗佳；

（4）不要以為躲在大冰塊的後面，大冰塊便能為你阻擋浪濤，這裏浪濤之猛烈，足以推動大冰塊，而且浪濤拍打大冰塊時所擊起的浪花，亦已足以令人全身濕透；

（5）黑沙灘的沙粒較幼細，腳架下的沙粒容易被浪潮所帶走，令三腳架下陷，所以要小心三腳架會因而翻倒。此外，要留意延長曝光時間的拍攝方法亦會因此受到影響；

（6）如果浪潮掩至三腳架之下，便應該後退至安全位置拍攝；

（7）由於黑沙灘的西面是冰川山嶺，夕陽為山所遮擋，所以這裏並不是拍攝日落的好地方。

相機：A7RII，鏡頭：SAL1635Z2 + LA-EA4

相機：A7RII，鏡頭：SAL1635Z2 + LA-EA4

冰雪傳奇

相機：A7RII，鏡頭：SAL1635Z2 + LA-EA4

相心閱讀

冰川崩裂，一塊塊的巨冰沿着川流不息的冰河順流而下，它們看似能憑着壯碩的身軀穩住腳步，可是隨着時間的流逝，力氣逐漸被消融，終會難敵洪流的沖擊，被推往下游的遠方。

經歷過這些嚴峻的考驗，它們有些會化為鑽石般的冰晶，停留在鑽石灘上透現出迷人的光芒，為人所讚美，可是更多的卻淹沒於那滔滔汪洋，寂寂無聞。

在時代的洪流中，經歷縱使大同小異，但結局卻可能有着天壤之別，半點不由人。

攝影解說

在傑古沙龍冰河湖與鑽石冰沙灘的交界，部份巨大的冰塊在澎湃的水流影響下，依然絲毫不動，但在拍攝理念上大家其實可以動靜互易，在考慮拍攝角度及光線的處理後，將動態拍成靜態，將靜態拍成動態，圖中的冰塊在錯覺攝影下，被拍成破浪而行，而其實它是穩如泰山，一動不動的。

地圖標示

https://goo.gl/maps/
jAyxARsv9122

神之瀑布（Godafoss）

緣由：

據說約在一千年前，有人將北歐眾神的雕像沉於這瀑布之中，瀑布因而得名，這事件亦成為冰島居民轉為信奉基督教的象徵性事件。

相機：A7RII，鏡頭：SAL1635Z2 + LA-EA4

「神之瀑布」比較奇特，有些瀑布壯闊雄偉，你會被它的澎湃所震懾，如若要跟它作近距離的接觸，你會有多少畏懼。可是

相機：A7RII，鏡頭：SAL1635Z2 + LA-EA4

「神之瀑布」卻能給你分別看到它的粗獷及溫柔的兩方面。在瀑布的上層，它的澎湃氣勢可盡收眼底，在它的下層，它的溫柔又令人想與它多多親近。

地圖標示
https://goo.gl/maps/
RgMhihZAbyK2

攝影解說

冰島的瀑布數量可以用千條萬條來形容，而且形態各異，大家可以用拍攝它們的宏偉雄壯，也可以用延長曝光時間的拍攝手法，借助三腳架，將瀑布千絲萬縷，溫柔動人的一面帶出。

水簾洞瀑布

塞里雅蘭瀑布（Seljalandsfoss）

遊覽心得：

如果要進入瀑布內遊覽，不論是人、相機或是閣下的手機，必須要穿上雨衣。因為在瀑布內，水花及霧氣瀰漫，短時間內已能令人全身濕透。筆者曾分別在夏季及冬季前往，在夏季時，地面非常濕滑，在瀑布內行走已經要非常小心。而在冬季，地上都是非常濕潤的滑冰，用冰抓也難以在其上行走，何況瀑布的冰水滾滾而下，若全身為冰水所濕，不冷病才怪，故筆者絕不建議在冬季時入內。

地圖標示
https://goo.gl/maps/
n1Fm6gp8pVH2

攝影解說

(1) 因為受水花及霧氣所侵擾，鏡頭會不停有聚合的水珠出現，影響拍攝，所以難以採用延長曝光時間的拍攝手法；

(2) 慣常的拍攝方法是在日落時分，從瀑布內向外拍攝，以捕捉黃昏晚霞與瀑布水柱交纏的美景。

相機：A7RII，鏡頭：SAL16F28 + LA-EA4

小型六角柱石瀑布

斯瓦蒂瀑布（Svartifoss）

景點介紹：

這是當地人進行露營、郊遊、行山、行冰川等活動的熱門地方，非常容易前往，也是旅行團必到之地。其中由停車場步行往該地的六角柱石瀑布，只需要約 30 分鐘。但這個瀑布較小型，而且因為容易前往，所以遊人較多，拍攝時需耐心等待。

地圖標示

https://goo.gl/maps/
c7MzsD2Anb92

攝影解説

（1）較適宜以廣角鏡去拍攝；

（2）天氣好的時候，可在構圖中拍多一些藍色天空，以平衡構圖中的色調；

（3）可以嘗試以延長曝光的方法來令到拍攝出來的瀑布如白布般綿密。

A7RII・鏡頭：SAL1635Z2 + LA-EA4

日間景點

大型六角柱石瀑布

阿爾德亞爾瀑布（Aldeyjarfoss）

景點介紹：

若論世界各地的六角
柱石群形態，筆者覺
得以香港西貢地質公
園的最為壯觀，但那
裏卻沒有瀑布。冰島
有一個巨形六角柱石
瀑布，非常雄偉，但

相機：A7RII，鏡頭：SAL1635Z2 + LA-EA4

只適合自駕遊前往，因為路途是較狹窄的碎石路，部份路況較
斜，且部份碎石也較尖銳。路牌標示只適合四輪驅動汽車前
往，筆者也看到有兩輪驅動的汽車在途中拋錨。

這處風力較大，絕不建議站
於崖邊拍照。筆者習慣在拍
攝前查看拍攝位置的安全情
況，發現到最佳位置（正面
朝向瀑布）的岩石已出現裂
紋，因此筆者建議不要在該
位置駐足或拍攝，有遊人也
察覺到當中的危險性，結果
與筆者一起選擇在左方的位
置拍攝。

攝影解説

（1）這裏並不是冰島國家公園的
範圍，所以可以用航拍機拍
攝，但風力很大，要考慮航
拍機承受強風的能力；

（2）這個瀑布的流水很集中及澎
湃，而瀑布兩旁的石紋也很
明顯突出，非常容易構圖，
但由於這瀑布位於山谷內，
要留意不同季節的太陽位置
變化，以免陽光所產生的陰
影影響拍攝；

（3）瀑布分上下兩層，但是碎石
頗多，穿着行山鞋較好，行
山時也要量力而為，因為往
下層的部份地方較陡峭。

地圖標示

https://goo.gl/maps/
gAqj3j4GQXD2

法羅群島

由於法羅群島較少香港人到訪，但筆者深感
這是「人生必到之地」，所以在這裏多介紹
一點。

法羅群島旗

法羅群島是丹麥的海外自治領地，除外交事
務由丹麥負責外，內政便由島內的居民自
行處理。它的地理位置遠離丹麥本土，位處挪威海和北大西洋
中間，而它與冰島、英國及挪威的距離相若。法羅群島面積約
1,400 平方公里，較香港還小，大約只有香港面積的一半，它
由 17 個有人居住的島和一些無人島所組成，居民約 5 萬人，
官方語言為法羅語和丹麥語。

在航機上，跟法羅群島的居民閒聊，他們問我為甚麼會老遠從
香港跑到那裏去，是不是因為《國家地理雜誌》選這裏為全世
界最美麗的海島呢？還沒等我回答，她便自說自話：「我從小
在這裏長大，每天看着，覺得並沒甚麼特別呀！」其實這裏處
處都是世界級的自然美景，看得多了，看得慣了，在當地居
民眼中只是尋常景色，果真是古語有云：「英雄慣見亦常人
啊！」

島上的旅遊旺季是 7、8 月，因為有很多外國人會專程到這裏
度暑假，住宿費及餐飲費會大幅上升，可考慮避開這些日子。
我最喜歡的日子卻是 4 月底至 5 月初之間，因為期望在這段期
間，可遇上春末的最後一場大風雪。當風雪過後，各沉積岩構
成的山脈會幻化成一塊塊糖霜朱古力（巧克力）蛋糕，這時刻
可看到法羅群島最美麗的一面。

法羅群島的原居民是維京人的後代，在遇見法羅人之前，我曾

幻想他們每一位都是龐然巨人，但接觸過後，發現他們的體型原來與普遍的歐洲人相約。據我遇到的法羅人所説，因為島上的人口實在太少，所以居民普遍跟其他地方（特別是主權國丹麥）的人士通婚，體型因而變小了也説不定，而她身高也只 5 英呎多一點而已。

氣候

北歐的海島氣候並不是説笑的，你可以在一天內可以遇到春夏秋冬四季，千萬要準備充足及合適的衣物。

貨幣

法羅群島的通用貨幣分為兩種，一種是法羅群島克朗，而另一種是丹麥克朗，兩者幣值一樣，但法羅群島克朗不是一種獨立的貨幣，而是丹麥克朗的一個版本，它只能在法羅群島使用。所以旅遊人士記着要在離去前往銀行兌換回丹麥克朗，否則手上的法羅群島克朗只能在下次重遊法羅群島時，才能使用了。

Beyond 的維京人歌迷

總説音樂無分疆界，我在法羅群島便有一次親身體會。在當地跟一位餐廳的服務員閒談，當他知道我來自香港後，竟然立即指出自己是 Beyond 樂隊的歌迷，Beyond 音樂的感染力果真是無遠弗屆。

身為 Beyond 歌迷的我，自然要跟 Beyond 的維京人歌迷拍照留念啦！

這裏是法羅群島內最大酒店的餐廳，所提供的自助餐也不錯，大家不妨一試。

 地圖標示
https://goo.gl/maps/
LC9RQeUM6Pz

域亞維狄（Viðareiði）

其實在法羅群島遊覽時，大家一定會留意到，除了兩個較大的市鎮之外，居民主要是散居於各個小村莊，而村莊內景色最優美怡人的地方都是教堂，當地人對宗教的熱誠及重視可見一斑。在法羅群島的東北面，有一個小村莊，內裏有一間小教堂，這裏的環迴 360 度景色美得非筆默所能形容，但由於這裏處於法羅群島的東北角，較少人前往。讓我以兩幅相片將這裏介紹給大家。

相機：A7RII，鏡頭：SAL1635Z + LA-EA4

坐落於海邊的雪山，山上溶解的雪水綿綿不絕地流入大海。

相心閱讀

誰可改變

你本想跟她海枯石爛，
無奈她對你冷若冰霜；
當你已選擇默然而去，
她卻望與你長流細水。

浪淘山

相心閱讀

風浪不斷侵蝕着他的底線，沖擊着他的心坎，霜雪在
他臉上留下了痕跡，但他仍然冷靜面對，只因深信，
風雪過後，迎來的必然是萬里晴空。

相機：A7RII，鏡頭：SAL1635Z + LA-EA4

海邊的雪山被大西洋的海浪沖擊出巨大的海蝕洞

地圖標示
https://goo.gl/maps/
YWvCruSmYWJ2

甘曼那舍（Hvannasund）

天地融和

相心閱讀

和暖的天氣將雪山上的冰雪慢慢地溶化，山嶺的紋理便自自然然地顯露了出來，雪嶺已不再只是純純的白色，而是佈滿了優雅的花紋。雪山之下，建有一間間色彩鮮艷的小屋子，遠看像極了我兒時玩耍的小積木。它們錯落有致地散佈於平靜的灣畔，縱使不是井然有序，卻又出奇地發揮了點綴作用，柔和地將雪嶺及峽灣融和在一起。身處這條恬靜的小漁村，我感受到一份閒逸、一份和諧和一份人與大自然共融的美態。

地圖標示

https://goo.gl/
maps/1gzkkkxczo52

相機：A7RII，鏡頭：SAL1635Z + LA-EA4

門娜科莎瀑布 (Mulafossur Waterfall)

心曲細訴

相心閱讀

她的冷傲終會被你所融化，終有一天，一點一滴的情意會匯聚成了一絲心曲，靜靜地向你傾訴。

相機：A7RII，鏡頭：SAL1635Z + LA-EA4

地圖標示

https://goo.gl/
maps/95XYFuB8X9t

鄰近法羅群島的機場，只需約 15 分鐘車程，便會到達法羅群島的最著名瀑布——門娜科莎瀑布。這個瀑布並不像尼亞加拉瀑布般的氣勢磅礴，而是一線瀑布，但配合背後的山嶺，而且在 Gasadalur 觀景點的高度比瀑布高得多，你可以用居高臨下的方法近距離觀賞。

法羅群島之旅後記

這裏到處都是景點，我們沿途看到的旅客大多是拿着三腳架，背着兩三部相機的風景攝影師，其實在每條路旁，也可以看到他們的身影。看着各處的絕世美景，會看到有些攝影師出現手忙腳亂的情況，

相機：A7RII，鏡頭：SAL1635Z + LA-EA4

而大多數的攝影師已明顯地進入了忘我的境界。

當地居民對此也見怪不怪，對旅客總是報以親切的笑容。在這裏，你不會感覺到多大的工商業氣氛，卻有濃濃的大自然氣息滲透着法羅群島的每一角落。

法羅群島島民的主要收入是漁業、畜牧業及旅遊業，所以你在島與島間的峽灣之中，可以看到三文魚的養殖場。在山坡上，可以看到綿羊及山羊在悠閒地吃草。

這裏的人口真的很少，人們跟鄰近村莊的人亦互相認識，所以治安很好，已達到夜不閉戶的地步。島民甚至說，這裏的居民都沒有鎖車的習慣。島內較年青的一代很多也會到丹麥就業，故此失業率也頗低。況且，這裏只能乘搭飛機進出，犯了罪後可說是無處可逃。所以到當地旅遊，其實不用擔心治安問題，但當然，小心駛得萬年船，旅遊時留意安全也是應該的。

法羅群島可以說是一個濃縮版本的冰島，因為面積細小的關係，景點與景點間的距離頗近，絕對是一個短線旅遊看自然風景的好選擇。如果喜歡觀賞大自然景色的朋友（特別是風景攝影師），法羅群島更絕對是「人生必到之處」。

挪威、瑞典、芬蘭

北歐三國——挪威、瑞典、芬蘭都是屬於地型狹長的國家，由南至北延綿千里，所以北面與南面的緯度相差很大。由於奧斯陸（Oslo, 挪威首都）、斯德哥爾摩（Stockholm, 瑞典首都）及赫爾辛基（Helsinki，芬蘭首都）這三個首都城市皆是位於緯度較低的地方，加上光害的關係，所以能夠欣賞到極光的機會較少，一般需要極光指數平均達到 KP4 或以上，才可以在這些城市看到極光女神的身影。所以如果大家想到這三個國家觀賞極光的話，便要往北部的地區了。

挪威的羅浮敦群島（Lofoten）、特羅瑟姆（Tromso），芬蘭的思勞塔寧（Kakslauttanen）、拉布蘭（Lapland），瑞典的阿比斯庫（Abisko）、尤卡斯亞維（Jukkasjärvi）等都是熱門的極光旅遊勝地。

挪威國旗

瑞典國旗

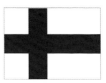

芬蘭國旗

太空看地球

雷納登山步道（Reinebringen）

景點介紹：

這處是挪威的一個著名的景點雷納登山步道（Reinebringen），筆者在 2016 年 9 月曾登上這個山峰，山峰其實不是太高，但上山的路途頗為陡峭，沿途要手腳並用，而落山的時候更要較上山時謹慎，建議較少行山經驗的朋友不要嘗試登山，畢竟曾有遊人在這裏發生不幸意外。當地政府也在山腳位置張貼告示，指出登山人士必須要自行承擔風險。當地政府現正在修建登山石級，但工程困難巨大，可能要數年後才能完成呢。

攝影解說

很喜歡看紀錄片，又特別喜歡看太空人在太空拍攝地球的影像，從那些相片中，可看到地球是圓圓的、藍藍的，非常美麗。當然知道自己沒有機會可拍到這種相片，於是惟有攀上高山，再運用一下攝影技巧，用魚眼鏡，將小島及小海灣變成五大洋、七大洲。有些時候，騙騙自己也是蠻開心的。

地圖標示
https://goo.gl/maps/
d7XAfHXfSYQ2

相機：A7RII，鏡頭：SAL16F28 + LA-EA4

世界最美漁村

雷納・羅浮敦群島（Reine, Lofoten Islands）

景點介紹：

羅浮敦群島內有一個小漁村名叫「雷納」，它被群山圍繞，村內的峽灣波平如鏡，美麗的山巒，完美的倒影及閒逸的氣息，令這裏被譽為全世界最美麗的漁村。古人曾說：心是明鏡台，時常勤拂拭，莫使惹塵埃；而當你

相機：A7RII，鏡頭：SAL16F28 + LA-EA4

我看到「雷納」這塊天然的明鏡，心中定無雜念，因為這裏是美得讓人自然地融入其中，難以言喻。攝影愛好者要留意了，「雷納」也是一個拍攝極光及雪山美景的著名景點呢。

地圖標示
https://goo.gl/
maps/77HAV3FNeT92

　相機：A7RII，鏡頭：SAL1635Z + LA-EA4

北歐的魚乾店（Anita's Sjømat）

景點推介：

這裏是一間魚乾店（香港叫作「鹹魚舖」），內裏集驚嚇與驚喜於一身。首先，到這裏當然要吃著名的魚肉漢堡包，確實非常美味，在一間鹹魚舖內吃到這高質素的魚肉漢堡包，驚喜是絕對的了。這裏當然還有其他美食，如果大家想嚐嚐海鷗蛋的話，這裏也有提供呢。店內堆放了大批的魚乾，各式各樣，林林總總，保證令你目不暇給，可是店主卻又喜歡在店外掛滿張大嘴巴的魚乾，魚乾的表情卻活像是恐佈片中的陳設，叫人萬分驚嚇。

地圖標示
https://goo.gl/maps/
LMbt7JY95zD2

俄羅斯

俄羅斯是全球最大的國家，幅員最廣，可看到北極光的陸地，俄羅斯佔了一半，可惜因為俄羅斯很多地方仍未開發，而且也不是一個以旅遊業為重點的國家，所以相較於北歐及北美洲，較少人前往俄羅斯觀看極光。

俄羅斯國旗

持有特區護照的香港人，可以免簽證在俄羅斯逗留 14 天，這方面非常方便，但航班上的選擇較少，大家要留意這點。

到俄羅斯旅遊，英語未必能有多大用場，所以預先在手機上下載翻譯軟件絕對是必須。而部份俄羅斯餐館已開始提供中文餐牌，對大家到當地旅遊，提供不少方便。

俄羅斯人的民族性比較內斂，臉上表情的變化相對較少，但不要想當然地以為這代表他們冷漠呢！

如果想拍到與其他國家風味不同的極光相片，俄羅斯的摩爾曼斯克市（Murmansk）是一個不錯的選擇。摩爾曼斯克位於俄羅斯的西北部，與芬蘭相鄰，它是一個軍港，筆者曾在當地眺望到俄羅斯現存的唯一航空母艦——庫茲涅佐夫號，它正在當地船塢進行維修呢。

摩爾曼斯克市（Murmansk）

地圖標示
https://goo.gl/maps/
DEqzj7TFDf42

列寧號核動力破冰船（Ice-breaker Lenin）

景點介紹：

如果大家參加當地的導遊活動，只能看，不能聽，因為全程皆用俄文解說，完全沒有英文及中文的說明，相信大家應聽不懂俄文吧。而在船內參觀時，你會感覺時光倒流一樣，目睹的一切都好像停留在 70 年代似的。人生中能否進入一艘核動力驅動的船隻上參觀呢？這艘退役船可能會是我們常人的唯一機會。

地圖標示
https://goo.gl/maps/
JDSEpZgstmS2

筆者攝於列寧號前，它是全球第一艘核動力破冰船。

雪橇犬飼養場

景點導賞：

這個雪橇犬飼養場的場主很有愛心，他專門收養老弱的雪橇犬，給牠們在晚年頤養天年的機會。當這些雪橇犬看到我們到訪時，真的打從心底裏笑了出來，因為牠們又可以作最喜歡的運動——拉雪橇呢！大家千萬不要以為讓老弱犬隻拉雪橇是虐待動物的行為，其實牠們每天也需要作適量的運動，鍛鍊一下肌肉筋骨，而且如場主所說，如果牠們不喜歡拉雪橇的話，又怎會笑得如此燦爛呢？

地圖標示
https://goo.gl/
maps/9oJRRNSzLeS2

「犬」心閱讀

從前，總覺得難以分辨動物的喜怒，於是對牠們總會採取敬而遠之的態度。但其實只要多加留意，大家便能知道牠們的心意，因為牠們的情緒表達是非常直接和真摯的。圖中是跟我一見如故的俄羅斯朋友——對！這位朋友是一頭雪橇犬啊！其實當「汪星人」露出笑臉時，大家又怎麼會看不出來呢？

皇家獵人餐廳（Royal Hunt）

摩爾曼斯克（Murmansk）

美味推介：

連俄羅斯總理普京也曾光顧的餐廳，食物及環境的質素當然無用置疑，而出奇地，價錢並不昂貴，大家記得去一飽口福了！Yummy！Yummy！

這裏的湯是甚麼味道？當然並不像香港餐廳的港式羅宋湯啦！筆者保證，當大家喝過這裏的湯，準會豎起大姆指呢！

地圖標示
https://goo.gl/maps/
yr3s4A8GRbv

Teppaca 餐廳（又名 Terrasa）

摩爾曼斯克 （Murmansk）

美味推介：

這裏是極高質素的餐廳，當地的居民極力推薦，地位僅次於上文提及的「皇家獵人餐廳」， 所以大家也絕對不容錯過。

鄰近便是北極圈內緯度最北的麥當勞餐廳及最高的建築物，大家也可以到那裏打卡留念啊。

地圖標示
https://goo.gl/maps/
NnPpoShPh8q

美國及加拿大

美國本土的緯度較低，所以看到極光的機會較少，但美國有一個州份，沒有與其他州份相連，而其緯度較美國本土為高，與加拿大相若，因此美國人都喜歡到這裏欣賞極光，它便是阿拉斯加州（Alaska），該州的首府費爾班克斯（Fairbanks）更是美國人最常去看極光的地方。

而加拿大方面，在 2004 年日劇《愛在聖誕節》中，男女主角情定北極光下的黃刀鎮，這結局吸引了大量日本人蜂擁到黃刀鎮看北極光，而英國的威廉王子伉儷也在 2011 年到了該鎮看極光，這令到黃刀鎮在北極光旅遊中更加火紅了起來。

事實上，地磁學上的北極是偏向北美洲（位於加拿大境內），所以相對於歐洲，北美洲內緯度較低的地方已可看到極光，這無異是北美洲在極光旅遊中得天獨厚的優勢。

美國國旗

加拿大國旗

美國費爾班克斯（Fairbanks）

地圖標示
https://goo.gl/maps/
MmtD3ZuJpS52

加拿大黃刀鎮（Yellowknife）

地圖標示
https://goo.gl/maps/
xPhsGf9b7bG2

加拿大白馬鎮（Whitehorse）

地圖標示
https://goo.gl/maps/
Hy7fmWWtSAm

北極村

阿拉斯加（Alaska）

景點介紹：

距離阿拉斯加州首府費爾班克斯不遠處，有一條小村，名叫北極村，當然它並不是地理學上或地磁學上的北極，但到這村的牌匾自拍留念，也是蠻有意思呢！村內亦設有郵政局（見下圖），方便遊人寄明信片給他們在世界各地的朋友。試想想，當朋友們收到明信片時，看到郵票上的郵戳是北極點（North Pole），會是何等驚喜啊！

在地上佈滿積雪的時候，部份車輛便會裝上坦克履帶（見上圖），對於筆者這在熱帶地方長大的人來說，覺得蠻有趣呢。

地圖標示
https://goo.gl/
maps/7XmqRf7xoq82

相機：A7SII，鏡頭：SAL1635Z2 + LA-EA4

Bullock's Bistro 餐廳

加拿大黃刀鎮（Yellowknife）

美味推介：

這是黃刀鎮內最著名的食肆，店內的牆壁及天花都貼滿各地遊客的名片及他們國家的紙幣，桌面上也寫有他們關於極光的留言（當中竟然有遊客的留言是祝願其他人看不到極光，實在太可惡了）。這食肆以魚及鹿肉稱譽，但鹿肉是打獵得來，所以並不是每天也有供應呢！而因為面積較小的關係，最多只能容納約 30 人，如果同行人數較多，記着要預早訂位啊。

地圖標示
https://goo.gl/maps/bMjCJZwyU6k

慕蓮湖（Moraine Lake）

景點介紹：

慕蓮湖是加拿大班夫國家公園（Banff National Park）內的一個冰川湖，位於十峰山谷（Valley of the Ten Peaks）下。因為湖水是源自冰川的關係，水質純淨清澈，在高處觀景點觀看慕蓮湖，湖水湛藍得令人驚嘆，加上十峰山在晨曦映照下，出現了金黃色山峰，兩者相加起來，堪稱絕世美景。所以舊版加拿大 20 元鈔票的背面圖案便是慕蓮湖。

攝影解説

（1）在積雪情況下進入這區會較危險，所以在入冬的首次下雪後便會封山，而披上初雪的十峰山，確實更為美麗，筆者幸運地遇上初雪美景，之後該區便封閉，禁止遊人進入了。

（2）最佳拍攝時刻是晨曦時，陽光將山峰映照成金色的時候。

地圖標示
https://goo.gl/maps/
Bu8DjhpqASF2

阿薩巴斯卡冰川（Athabasca Glacier）

景點介紹：

這是北美洲交通最方便、最易到達的冰川。大家可參加當地的觀景遊，在導遊的帶領下沿着冰川旁徒步遊覽。但筆者並不建議自行遊覽，因為冰川內裏有隱藏的裂縫，大家不要輕視當中的危險性。大家也可選擇乘搭大雪車， 體驗冰川雪車之旅，往更深入的地方感受冰川的宏大壯麗。

地圖標示
https://goo.gl/maps/
XBLY7G9zDR52

澳洲及新西蘭

在澳洲的東南方有一個呈現心形的大島，名叫塔斯曼尼亞（Tasmania），因為它與澳洲大陸分隔，所以生態系統很不同。因為它位處澳洲本土的南方，所以是澳洲最適宜觀看極光的地方。新西蘭與塔斯曼尼亞的緯度相若，因此同樣是在南半球觀看極光的上佳之選，以觀看極光來說，新西蘭南島較北島較佳。但因為澳洲及新西蘭的緯度都是低於極光地帶，所以極光需要達至 KP5 或以上，才可以在它們的南部觀賞到南極光。

澳洲國旗

新西蘭國旗

在澳洲及新西蘭都是羊比人多的地方，自然風景非常優美，而當地的建築及其他旅遊設施也多不勝數。

在澳洲，建議大家可參觀大堡礁（Great Barrier Reef）、黃金海岸（Gold Coast）、悉尼歌劇院（Sydney Opera House）、巨浪石（Wave Rock）、烏魯魯巨岩（Uluru，日劇《在世界中心呼喚愛》的場景）、十二門徒石（The Twelve Apostles）等。

在新西蘭，建議大家可到米爾福德峽灣（Milford Sound）、皇后鎮（Queenstown）、善良牧羊人教堂（Church of the Good Shepherd）、蒂卡波湖（Lake Tekapo）、庫克山（Mountain Cook）、約翰山（Mount John）、懷托摩螢火蟲洞（Waitomo Caves）等。

火鳳凰飛越十二門徒石（Twelve Apostles）

相心閱讀：

歷盡滄桑，通過試煉，大部份的十二門徒也能像火鳳凰般浴火重生，譜出漂漂亮亮的雲彩，惟獨那個出賣耶穌的猶大⋯⋯眼前的自然景色提醒了筆者做人處事的正確之道，自當銘記於心。

攝影解說

筆者到這個景點拍攝時，原本想拍攝夕陽斜照下的十二門徒石，卻發現當時天上的彩雲實在更為吸引。雲的形態好像火鳳凰一般，順理成章地便成為了構圖的焦點。有些時候，構圖的主題並不一定要是該景點，焦點確實需要就地取材。

相機：A7RII，鏡頭：SAL1635Z2 + LA-EA4

地圖標示

https://goo.gl/maps/
xtx3TRHkLJy

天人合一

相機：A7SII，鏡頭：SAL16F28 + LA-EA4

相心閱讀

在澳洲塔斯曼尼亞的郊外，銀河、星雲舉目可見，非常清晰。在這裏，會感覺到人與天際原來有一份難以言喻的連繫。身為城市人的你可能已將這天生的連繫淡忘，又或是你從來沒有感受過。下次在旅程中，何妨將觀賞星空這活動加入其中，讓自己重新與浩瀚的宇宙接通。

攝影解說

（1） 為避免延長曝光時間令拍攝到的星光變成光線（而非光點），便要找出最佳的曝光時間，大家可參考本頁提供的連結或以手機掃描本頁提供的二維碼，然後輸入相機類型、ISO 數值、焦距長度及光圈數值，得出一個用作初步嘗試的曝光時間；

（2） 然後以這得出的數值用作相機的初步設定，繼而不斷調整曝光時間，從而找出最理想的曝光時間。

曝光時間計算器

地圖標示
https://www.lonelyspeck.com/milky-way-exposure-calculator/

異曲同工、大異其趣

澳洲塔斯曼尼亞

攝影解說：

這張相片看上去好像沒有甚麼特別，其實最困難的是那幾支鐵柱，在擺放相機時便要多加注意。我用的是廣角鏡，拍攝出來的相片多少會有些變形的問題，如果效果處理得不好，相片中的鐵柱可能會傾斜，看似是搖搖欲墜一般。以樹林作為拍攝前景也會有類似的情況出現，雖然可以事後用修圖軟件作後期處理，但是如果變形幅度太大，後期處理也不能解決呢！所以在構圖和拍攝時，大家要將鏡頭所引致影像變形的影響也一併考慮在內。

如果拍攝時，變形已被構思成構圖的一部份，變形便不是問題，因為拍攝者已將其影響考慮在內，所以變形的影響便屬於正面。

相機：A7RII，鏡頭：SAL1635Z2 + LA-EA4

相機：A7RII，鏡頭：SAL1635Z2 + LA-EA4

善良牧羊人教堂 （Church of the Good Shepherd）

景點介紹：

這座以石塊砌成的小教堂，建於 1935 年，可說是新西蘭的標誌性建築，因為以其作背景的星空銀河相片非常著名，相片不斷出現於介紹新西蘭的旅遊雜誌、明信片及網絡文章內，數量之多，甚至有人說笑，指這教堂應該是新西蘭最多人拍攝過的建築物呢。

小教堂建於蒂卡波湖（Lake Tekapo）湖畔，在白天的時候，淺藍色的湖水，翠綠的草地、再配上湛藍的天空和精緻的小教堂，可說是美不勝收；而在晚上，小教堂配搭着清晰可見的繁星銀河，又是不可言喻的美麗景色。

地圖標示
https://goo.gl/maps/
EWBCZWAS6mF2

追夢女孩

筆者在這裏遇到一位國內來的女孩子，她熱愛星空，所以申請到當地大學的觀星站當觀星導賞員。我問她為甚麼有這麼大的勇氣，孤身到外地來追逐她的星空夢呢？她回答說：「夢想是要追尋，而不是坐在原地等呢！」寥寥數語，真的受教了！

讀者們，你是正在追尋夢想？還是在等着夢想實現呢？

約翰山（Mount John）

景點介紹：

約翰山、庫克山（Mount Cook）及蒂卡波湖（Tekapo）這一帶區域，是國際暗天協會（IDA）認定的全球最重要星空保護區之一，光污染極低，氣候相對乾燥，是新西蘭天清日數最多的地方，很適合觀星，因此全球緯度最南的天文臺——約翰山天文臺坐落於此。而這裏晚上會舉辦觀星導賞團，讓遊人看到世界最壯麗的星空美景。

約翰山在蒂卡波湖的旁邊，從蒂卡波湖往約翰山的山頂，約需 20 多分鐘車程，路途並不遙遠，只是因為上山的關係，而且路面也並非柏油路，所以需小心駕駛。路上漫山遍野也是顏色鮮明的野生魯

相機：RX-10

冰花，景色很美，筆者沿途不時停車拍照，所以實際上用了超過 3 小時才上到山頂！不見不知，原來馬兒很喜歡吃魯冰花，牠們吃花吃過不停呢。

地圖標示
https://goo.gl/maps/
a8N4Tn39S1x

庫克山（Mount Cook）

景點介紹：

庫克山是新西蘭的最高山峰，也是國家公園，這裏以終年的雪山及冰川聞名。站在山下，舉目看着庫克山，它儼如一個白色巨人伸出雙臂將你緊緊抱在懷內，感覺非常特別。

山中的步行道讓遊人可前往遊覽高山湖泊、高原草地及壯觀的冰川，遊人也可選乘小型滑雪專機和直昇機在冰川上着陸。

冰川非常雄偉，風景優美如畫，夕陽斜照時，可在冰川湖泊上看到金頂雪山倒影的美景，令人難忘。這裏也是著名的無污染地帶，接近全無任何光污染，肉眼所見，夜空中星星的密集度確實難得一見。

因應季節及其他各種因素（特別是行程中包括遊覽冰川），大家可考慮僱用當地導遊陪同登山。

地圖標示
https://goo.gl/maps/
dpyrJiGW3YK2

相機：RX-10

相機：RX-10

後記

去年接受了電台旅遊節目的訪問，與各位主持人談談在世界各地觀賞極光的經歷及箇中的分別，當時準備了不少資料，而這些資料便成為了這本書的基本素材，心想將之整理，結集成書後，讀者便可對極光有多些了解，更易把握到觀賞極光的機會。但由於上班忙碌的關係，便擱下了事情。後來不斷有朋友向我詢問有關觀看極光的竅門，我想也應該是時候坐言起行，將自己的心得寫出來了。於是，我在用餐時寫一些、乘車時又寫一些、晚上休息時更是埋頭苦幹地寫，每天如是，結果花了大半年時間才能將這本書完成。

這本書雖然是旅遊書籍，但由於體裁並不是採用遊記的形式，所以內容需要進行較多的資料搜集及親身引證，因此我花了頗長的時間才能完稿。書內所涉及的知識範圍頗廣泛，素材包括天文、地理、物理、氣候等。在寫作的過程中，我更發現部份素材，竟然要翻看歷史書籍才能得到圓滿的解釋，這實在是始料不及。更加意想不到的是，我竟然找到蛛絲馬跡，顯示北極光現象應該便是中國自古相傳在空中騰飛的巨「龍」，內裏亦牽涉到各朝代將這天文現象挪用到帝王天子這概念之上。

現在於每趟的極光旅程中，當筆者舉頭望向漆黑的夜空，心內便自自然然想起，原來在冥冥之中，我們與北極光早已有着絲絲的連繫。

黃莉娜

www.cosmosbooks.com.hk

書　　名	環球極光攻略
作　　者	黃莉娜
責任編輯	林苑鶯
美術編輯	郭志民
出　　版	天地圖書有限公司
	香港皇后大道東109-115號
	智群商業中心15字樓（總寫字樓）
	電話：2528 3671　傳真：2865 2609
	香港灣仔莊士敦道30號地庫／1樓（門市部）
	電話：2865 0708　傳真：2861 1541
印　　刷	亨泰印刷有限公司
	柴灣利眾街27號德景工業大廈10字樓
	電話：2896 3687　傳真：2558 1902
發　　行	香港聯合書刊物流有限公司
	香港新界大埔汀麗路36號中華商務印刷大廈3字樓
	電話：2150 2100　傳真：2407 3062
出版日期	2018年7月／初版
	2018年8月／第二版